SV

Urs Faes
Als hätte die Stille Türen

Roman

Suhrkamp

Druck: Freiburger Graphische Betriebe, Freiburg
Printed in Germany
Erste Auflage 2005
ISBN 3-518-41666-9

1 2 3 4 5 6 – 10 09 08 07 06 05

Zitat

Stille spricht.
Es gibt keine Stille, die nicht mit Klang geladen ist.

John Cage

I

Für einen Augenblick hatte er daran gedacht, Ines anzurufen, sie zu bitten, doch herzukommen, wenigstens für diesen Tag und vielleicht die Nacht. Sie wüßte wahrscheinlich, was zu tun wäre.

David hatte den Gedanken verworfen. Er mußte endlich selber zurechtkommen. Die Morgensonne traf ihn so direkt ins Gesicht, daß er die Augen schloß. Unter den Lidern war er weiter geblendet. Als er die Augen wieder öffnete und die gleißendhelle Straße erblickte, war der Schmerz im Rücken vergessen.

Wenn er zügig weiterging, würde er rechtzeitig in der Redaktion sein. Er wollte endlich den Artikel über die Bäume vorschlagen, das paßte in den Herbst. Lüscher würde das Thema kaum begeistern, dafür aber die Grünen in der Redaktion. Nach wenigen Schritten spürte er den Schmerz wieder, deutlich auf der rechten Seite jetzt. Dann begann der Schmerz sich wellenartig auszubreiten.

Wenn er in der Freitagssitzung fehlte, konnte das bedeuten, daß die Themen für die nächsten drei Wochen vergeben sein würden. Und dann wäre es nichts mehr mit den Bäumen. Er müßte warten. Die Teilnahme an den Freitagssitzungen war der Preis dafür, daß ihn Lüscher alle paar Wochen eine große Reportage schreiben ließ; das konnte bei weitem nicht jeder freie Mitarbeiter. Zum Arzt würde er später gehen.

Erst im Treppenaufgang merkte David, daß er doch zu spät kam. Lüscher sah kurz auf, als David eintrat, nickte ihm zu und fuhr mit seinen Ausführungen fort. Vergeblich versuchte David sich zu konzentrieren.

Ich glaube, ich werde krank, sagte er hinterher zu Lüscher.

Übertreib bloß nicht. Mach dir ein schönes Wochenende, fahr irgendwo hin, am besten in den Süden.

Lüscher nickte ihm aufmunternd zu.

Und überleg dir etwas fürs Jahresende, das Ende eines Jahrtausends, Dezember 99 ist schließlich etwas Besonderes. Wir dürfen auch mal nachdenklich sein.

David fiel es diesmal schwer, in Lüschers Lachen einzustimmen. Er versprach nachzudenken und verabschiedete sich.

Zu Hause legte er sich sofort hin. Keine Nachricht auf dem Anrufbeantworter.

Der Nachmittag war hell, sonnig, der Himmel von einem beruhigenden Blau; sonst die beste Voraussetzung für gutes Arbeiten. Doch sehr bald merkte David, daß er völlig außerstande war, irgendeinen Gedanken zu Ende zu denken. Er schaffte es auch nicht, sich den Ablauf der heutigen Sitzung in Erinnerung zu rufen. Seine Gedanken sprangen hin und her, waren bald bei Ines, bald bei der Redaktion, und dann wieder bei einem Gespräch, das er vor Wochen geführt hatte. Er wollte sich zum Schreiben zwingen, gab es aber gleich wieder auf. Die Gedanken und Wörter wirbelten durcheinander. David tastete nach dem Schalter.

Nur keine Panik, sagte er sich.

Der Schmerz in der Hüftgegend nahm zu.

David lag da, versuchte, sich nicht zu bewegen. Als es dunkel wurde, löschte er das störende Licht.

Wie oft hatte er in den vergangenen Wochen am Abend einfach dagesessen, in der Küche, im Wohnzimmer oder im Arbeitszimmer. Unfähig sich zu bewegen, unfähig etwas zu tun. Er hatte Lärm von draußen gehört: Jungs, die Fußball spielten, Autos; oder auch vereinzelte Laute, das Knacken von Ästen, ein Knirschen im Kies. Er hatte die sich langsam verändernden Farben des Abendhimmels betrachtet. Er war wie gelähmt gewesen, aber ohne Schmerzen. Erinnerungen waren immer wieder aufgetaucht, manchmal blitzartig, Bilder aus den vergangenen Jahren. Ines, die kam, packte und wieder ging. Immer in Eile. Zufrieden mit ihrer Arbeit, erfüllt, gelassen, souverän.

Und du, was machst du, hatte sie gefragt.

Nichts war festzuhalten. Auch Ines nicht.

Und jetzt dieser Schmerz, so unvermittelt, an diesem Septembertag, eigentlich aus heiterem Himmel. Draußen Wochenendstille; leere Parkplätze.

Wieder diese Schauder, erst heiß, dann kalt. Der Schmerz in der Lendengegend, im Bauch, nicht genau zu orten; wie er sich ausbreitete.

In immer kürzeren Abständen, immer stärker. David schleppte sich zur Toilette, die gestaute Wucht im Unterleib. Er versuchte, Wasser zu lassen, vergeblich. Er ging im Korridor auf und ab, ins Zimmer, zurück zur Toilette. Er ging, taumelte, ging. Bis er das Stechen nicht mehr aushielt und den Notarzt rief. Minuten später war er auf der Intensivstation.

2

Als der Zug sich in Bewegung setzte, lehnte sich David Rudan erleichtert zurück. Der ausfahrende Zug vermittelte ihm das Gefühl, viel hinter sich gelassen zu haben. Die Krankheit. Die Wochen der Heilung. Die Erinnerungen an schlaflose Nächte. Die Angst vor dem Rückfall. Die abendlichen Spaziergänge durch die leeren Straßen der Stadt. Die Selbstgespräche.

Er hatte sich selten hinausbewegt, zu beschwerlich war jeder Gang mit Katheder und Urinbeutel, mit all den Schläuchen gewesen. Und als der Arzt ihn nach sechs Wochen endlich davon befreit, den Kampf gegen die Bakterien für gewonnen erklärt und ihm zu Spaziergängen geraten hatte, war er im Haus geblieben. Er fürchtete, angesprochen und über seine Krankheit befragt zu werden. Er fürchtete überhaupt die Sätze von anderen, die unablässig auf ihn eindrangen, wo immer er war, ein unaufhörliches Geplapper. Eine Invasion, sagte er sich.

Manchmal rief Ines an, erkundigte sich nach seinem Befinden, höflich, liebevoll, im Krankenschwesterton. Auch sie gab ihm Ratschläge, forderte ihn zu Kinobesuchen, zu Konzerten, zu kleinen Wanderungen auf.

Du hast viel Zeit, David, nutze sie. Verkriech dich nicht. Sonst wirst du vollends zum Eigenbrötler und Menschenfeind. Die Krankheit ist auch eine Chance. Du kannst neu anfangen.

Manchmal wünschte er sich, sie wäre da, säße mit ihm vor dem Kaminfeuer und erzählte etwas, von ihrer Arbeit, von ihren Begegnungen. Ihr hörte er gerne zu.

Aber er hatte sie nicht mehr gebeten herzukommen.

Ines hatte recht. Er hätte jetzt endlich Zeit gehabt, sich all den Projekten zuzuwenden, die als Skizzen in einer Schublade lagen und von denen er sich viel versprach.

Immer wieder hatte er sich vorgenommen zu arbeiten. Zu lesen und zu schreiben. Einige Male hatte er den Stapel mit den ungelesenen Büchern umgeschichtet und sich doch für keine Lektüre entscheiden können. Dann hatte er meist auf einem seiner Stühle gesessen und vor sich hingestarrt. Oder er war durchs Haus gegangen, hatte irgendwo etwas weggeräumt, einen Stoß alter Zeitungen, leere Flaschen oder Kartons. Schließlich war die Unordnung in den Wochen der Krankheit gewachsen. Aber dann hatte sein Gang allmählich das Schleppende verloren, das ihm das Gefühl gegeben hatte, mit seinen vierzig Jahren schon ein alter Mann zu sein. Auch das Treppensteigen war ihm wieder leichtgefallen.

Es sieht ganz danach aus, als hätten Sie die gute Gesundheit wiedergefunden, hatte der Arzt gesagt.

David hatte genickt und nicht gewußt, ob er sich darüber freuen sollte.

Die Freude an seiner Arbeit hatte er nicht wiedergefunden.

Davon hatte er dem Arzt nichts gesagt. Manchmal hatte er den weißen Schreibblock auf den Knien gehalten, mit dem Stift zum Schreiben angesetzt, ein Wort versucht, einen Satz. Er hatte daran gedacht, kleine Alltagsszenen festzuhalten, das Laub, das vom Wind aufgewirbelt wurde, zu beschreiben, eine Katze, die durch den Garten rannte, die nächtlichen Geräusche, die von der Straße kamen. Es war ihm nicht gelungen. Deine

Sätze stottern, hatte er sich gesagt, genau wie deine Träume.

David war froh, jetzt im Zug zu sitzen und in die Landschaft hineinzufahren. Der Wintertag war kalt, eine erste Schicht von Schnee lag über der hartgefrorenen Erde. Die richtige Zeit für eine Tagung in klösterlicher Umgebung, für Vorträge, Diskussionen, einzelne Gespräche, Austausch.

Er saß im Zug und hatte ein Ziel. Er war angemeldet und wurde erwartet. Er würde wieder unter Menschen sein.

Er hatte niemandem zu erzählen gewagt, daß er zu einer Tagung zum Thema Sterbebegleitung fahren werde: »Transitus statt Exitus«. Er hatte Hohn und Häme seiner Kollegen in der Redaktion gefürchtet und keine Lust zu beteuern, daß er nicht lebensmüde sei. War er nicht. Aber er dachte nach. Sehr oft. Er hätte auch nicht zugegeben, daß ihn das Thema seit seiner Krankheit unablässig beschäftigte: Der Tod hockt in jedem. Wir sind immer zwei, hatte er zur Stationsschwester im Spital gesagt. Und die hatte genickt. Und eines Tages ist da nur noch einer, hatte sie im sachlichen Ton der Eingeweihten festgehalten.

Er hatte sich Unterlagen beschafft und sich zur Teilnahme entschlossen, als er gelesen hatte, daß auch die Frage des eigenen Sterbens Raum finden solle. Ihn überzeugte die These, daß der Begriff der Würde im Zusammenhang mit dem Sterben im Vordergrund stehen sollte. Ein Sterben in Würde könne nur ein selbstbestimmtes sein und nicht ein als Widerfährnis erduldetes oder qualvoll erlittenes. Das Wort Widerfährnis war ihm gleich ins Auge gesprungen. So stand es im Tagungsprospekt, und dementsprechend lautete auch das Motto: Todeskontrolle ist wie Geburtenkontrolle eine Sache menschlicher Würde.

Sie fahren auch zur Tagung?

David staunte weniger über die Frage als über den Klang der Stimme. Er nickte.

Sind Sie auch ein Todesspezialist?

Sie lachte.

Sehe ich so aus?

Das wollte ich nicht sagen.

Ihre Stimme war jetzt noch leiser.

Sonderbar, nicht wahr, zu einem Treffen von Todesspezialisten zu fahren. Es kommt mir vor, als sei ich zu meiner eigenen Beerdigung unterwegs.

Nun, Sterbebegleitung live ist angekündigt, einer wird es also auf sich nehmen müssen, vielleicht losen wir es aus oder rennen uns zu Tode.

Oder sie begraben uns alle lebendigen Leibes.

Ich bin Simone Thalmann, sagte sie. Ein kurzes Nikken begleitete ihren Namen.

Von mir werden Sie kein Sterbenswort über den Tod hören, ich halte auch keine Vorlesungen.

Was denn?

David sah sie neugierig an.

Ich werde singen, ein Liederabend ist ja vorgesehen, ein Requiem könnte zusätzlich gegeben werden, im Bedarfsfall.

Sie lachte.

Bei einer solchen Tagung ist mit allem zu rechnen, sogar mit dem eigenen Ableben.

Jetzt spotten Sie.

Sie zögerte.

Das gewiß nicht. Der Tod ist schon ein Thema, für uns alle, nehme ich an.

Ich bin David Rudan. Und Sie sind also keine Todesspezialistin. Er gab sich enttäuscht.

Sterbebegleitung mit Musik, wäre doch ganz hübsch gewesen.

Sind Sie Zyniker?

Nein, nicht nur, auch er nickte ihr zu, ich bin auch kein Referent, nur ein wenig außerhalb der Zeit, in diesen Wochen, im Aus momentan, also selbst dem Tod nah, abgelebt.

Sie spotten schon wieder?

Diesmal nicht. Aber Ableben ist ein schönes Wort.

David versuchte zu lesen, mit wenig Erfolg. Immer wieder blickte er auf, schaute aus dem Fenster oder flüchtig zu Simone. Er sah sie in einem Heft Notizen machen.

Beginnen so Geschichten?

Sie sah widerwillig auf.

Nein, so beginnen Geschichten gewiß nicht.

Verzeihung. War nicht so gemeint.

Wie auch immer: So beginnen sie jedenfalls nicht.

David fühlte sich unbehaglich und sprach gerade darum weiter.

Sie schreiben auch?

Irritiert fand ihr Blick wie von weit herkommend seinen.

Erstaunt Sie das, oder glauben Sie, einer Sängerin sei so etwas nicht zuzutrauen? Schöne Stimme und nichts weiter?

David seufzte. Es tut mir leid. Sie haben eine sehr angenehme Stimme.

Ich schreibe manchmal kleine Aufsätze für Programmhefte und Musikzeitschriften –

Eine Frau trat zu Simone, begrüßte sie. Als sich Simone wieder ihren Notizen zuwandte, wagte er nicht mehr weiterzufragen.

Die Teilnehmer der Tagung wurden am Bahnhof abgeholt und zum Kloster gebracht. David war erleichtert, unter ihnen keinen Freund oder Bekannten oder gar Berufskollegen zu treffen.

Er folgte den Referaten: er hörte eines über den Würdebegriff in der Sterbehilfediskussion. Ein anderes forderte an der Stelle der Gattungsgemeinschaft Mensch, die den Tod ausklammere, eine Erinnerungsgemeinschaft, für die der Umgang mit den Toten das Paradigma bilde. Es gebe zwei Zivilisationsformen, sagte der Vortragende, die eine weise den Toten einen Platz zu, die andere klammere sie systematisch aus.

Ein dritter Vortrag behandelte komplexe Schmerztherapien bei Schwerkranken und Sterbenden.

Die Vorträge fanden im Refektorium statt, einer Säulenhalle mit Butzenscheiben, in denen sich das Winterlicht spiegelte.

Verweser, dachte David, als er die aus verschiedenen Landesgegenden angereisten Referenten sah, die immer neue Begriffe in den Saal warfen: von inhärenter und kontingenter Würde war da die Rede, von thanataler Bedarfsanalyse und von persistierenden Wünschen des Einzelmenschen nach Selbsttötung.

Das Kloster als Tagungsort erwies sich als gute Wahl. Denn wenn die Anwesenden in einer der Pausen durch den Kreuzgang wandelten, wurden sie durch Inschriften daran erinnert, daß unter den blankgeschliffenen Steinplatten die Knochen unzähliger Verstorbener ruhten. Und als wäre es damit nicht genug, erinnerten zwei eigens für die Tagung aufgestellte und mit einer Tafel versehene Totenschädel in der Nische die Lebenden: *Wir waren wie ihr, ihr werdet sein wie wir.*

Die Tagungsleitung habe diesen Ort gewählt, so wurde im Programm ausgeführt, damit die Teilnehmenden für die Dauer der Tagung das Thema immer vor Augen hätten und unablässig durchleben würden, denn nur das würde dem Kurs seine unverwechselbare Identität verleihen, sich allen Teilnehmern gleichsam einschreiben: ihn zu einem veritablen Event zu machen.

Manchmal machte David sich Notizen, schrieb Sätze wörtlich auf. Wenigstens Sätze, dachte er, auch wenn es nicht deine eigenen sind. In einer Diskussion ging es um die Frage, was es heiße, den Tod ins Bewußtsein hineinzunehmen. Das bedeutet, sagte der Referent, den Tod nicht bloß zur Kenntnis zu nehmen, sondern ein Denken zu erproben, das durch den Tod geht, sich ihm gleichsam anschmiegt.

Was soll denn das heißen? fragte David erregt.

Immer wieder suchten seine Augen Simone Thalmann. Sie schien ihn nicht zu beachten. Er sah sie wenige Male von weitem, sie schloß sich anderen Arbeitsgruppen an als er, und im Speisesaal saß sie meist mit Menschen zusammen, die sie zu kennen schien.

David Rudan kannte niemanden.

Er hätte gerne nochmals mit Simone gesprochen. Doch zufällig, wie er sich das gewünscht hätte, trafen sie nicht aufeinander, und er sah sie nie allein irgendwo stehen, so daß er sie hätte ansprechen können.

Manchmal schaute er zu ihr hinüber, und einmal hatte er den Eindruck, sie lächle ihm zu. Aber er war sich dessen nicht sicher. Er dachte daran, seine Eindrücke festzuhalten, aber es wollte ihm nicht mal gelingen, Tagebuch zu führen.

Am zweiten Abend sang Simone einige Lieder, eine Auswahl aus den Altenberg-Liedern von Alban Berg und einige der Madrigale für Krieger und Liebende von Monteverdi. David gefielen schon die Titel: Jeder Liebende ist ein Krieger, lautete einer, Das Herz bewaffnen, ein anderer. David war jeder Zugang zur Musik lange versperrt gewesen. In unserem Hause, sagte er, strich niemand eine Violine oder ein Cello.

Diese Stimme berührte ihn.

Wie Samt, sagte jemand hinter ihm.

Würde er einmal die Worte finden, diesen Klang zu beschreiben? Oder entzog sich Musik wirklich der Sprache?

Dieser Klang blieb, auch in der Nacht. David fand keinen Schlaf. Er suchte nach Worten und hörte nur diese Stimme. Sie klang weiter durch die Stille des klösterlichen Gemäuers. Sie erinnerte David an die Zeit in Oliveto Maggiore, wo er für einige Monate als stummer Gast im Kloster gelebt und worüber er dann später eine seiner langen Wochenendreportagen geschrieben hatte.

Endlich, wenigstens am letzten Tag, fand David einen Platz am Tisch von Simone, allerdings an der unteren

Hälfte des überlangen Klostertisches. Sie trug an diesem Abend ein schwarzes Kleid mit einer auffällig geschnittenen Jacke und schillernde Strümpfe.

Ihre Gesten waren angeregt und lebhaft, sie schien über Musik zu reden, so weit er das hören konnte, was nicht leicht war, weil ihn sein Tischnachbar, ein Bestattungsbeamter aus dem Schächental, immer wieder in ein Gespräch über eine japanische Art der Sterbebegleitung verwickelte, die sich auch in den Innerschweizer Bergkantonen großer Beliebtheit erfreute. Auch die Älpler wollen jetzt japanisch sterben, sagte er.

David wollte mit ihr sprechen. Simone, die Stimme, das klang fortan zusammen.

Als sie einmal aufstand und sich streckte, trat David auf sie zu.

Ich würde Sie gerne noch einmal singen hören.

Das ist nicht vorgesehen.

Sie sah ihn kurz an und dann an ihm vorbei zu einem anderen Tisch.

Eine Bekannte, sagte sie, verzeihen Sie, vielleicht sehen wir uns später.

David setzte sich, trank. Er war jetzt froh, daß sein Tischnachbar das Gespräch über die japanischen Bestattungsmethoden in den Innerschweizer Bergtälern wieder aufnahm.

Nach einer Weile kehrte Simone an den Tisch zurück. Eine Gelegenheit zum Gespräch ergab sich nicht mehr. David ließ sich nicht entmutigen. Er würde andere Wege suchen, nicht lockerlassen. Er wollte das jetzt: das Gespräch mit ihr. Er würde nicht nachgeben.

Später las er in der Tagungsdokumentation ihren Aufsatz: Der Tod in der Musik. Am Beispiel des An-der-

Liebe-Sterbens von Alban Berg. Die These schien ihm nicht ungewöhnlich, aber provozierend dargelegt. Eine intelligent und distanziert geschriebene Diagnose. Einer stirbt an der unerfüllten Liebe. Nein, keine neue These. Aber was ist schon neu beim Schreiben und Komponieren? Alles schon erzählt, alles schon in Töne gesetzt. David war von dem kleinen Aufsatz begeistert, gepackt, geradezu elektrisiert. Erregt ging er in seinem Arbeitszimmer auf und ab. Das war sein Thema, sein Stoff. Da mußte er ansetzen.

Er würde ihr schreiben. Nachfragen. Der Sache auf den Grund gehen. Sie ausloten. Er konnte nur gewinnen, wenn es ihm gelang, diesen Lebensstoff zu arrangieren. Jede Fiktion schien ihm ohnehin spannender als die Realität. Endlich hatte er, wonach er suchte: schreiben über einen, der unter sonderbaren Umständen gestorben war, ein Feature vielleicht, einen Essay, vielleicht sogar eine Prosa.

Über Alban Berg war ihm damals kaum etwas bekannt gewesen, er wußte auch nur wenig von Schönberg und der zweiten Wiener Schule. Aber all dem wollte er jetzt nachgehen, der Lyrischen Suite, dem Violinkonzert, der Vergeblichkeit einer Liebe, dieser Liebe des Komponisten zu einer Prager Jüdin, von der Simone in ihrem Aufsatz gesprochen hatte. Sie hatte ihn neugierig gemacht.

Die Tagungsreferate steckten in der Mappe; ihr Beitrag war in seinen Augen der aufregendste. Warum ihr das nicht mitteilen? Einen Beitrag über den Tod zu loben kann ein Schritt ins Leben sein.

Vielleicht würde sie antworten. Das wäre schon etwas, dachte er.

Aber hatte sie ihn überhaupt gesehen? Ihn wahrgenommen?

Die Briefe von Alban Berg an Hanna Fuchs hatte er in einer Musikzeitschrift gefunden und noch am gleichen Abend gelesen. David Rudan staunte, da hatte einer Ausdauer bewiesen und zehn Jahre lang Briefe an die Umworbene geschrieben, voller Verlangen –

3

23. Juli 1925

Liebe, Du,

bitte verzeih, daß ich Dir nun doch schreibe, auf heimlichem Weg. Aber meine Zeilen sollen Dir zeigen, was ich gelitten habe, seit wir uns begegnet sind, schon fast zwei Monate ist das her. Ich bin nicht mehr ich. Ich bin ein Wahnsinniger geworden, in stetem Herzklopfen dahintorkelnd. Mir ist alles, was mich früher bewegte, gleichgültig, unerklärlich, ja verhaßt geworden. Der Gedanke an meine Musik ist mir ebenso lästig und lächerlich wie jeder Bissen Nahrung, den ich gezwungen bin hinunterzuwürgen. Nur ein Gedanke, nur eine Sehnsucht beseelt mich: das bist Du.

Wie Dir nahe sein? Mir bleibt nur das Schreiben, und die Hoffnung, im Schreiben den Faden zu Dir nicht zu verlieren. Du hast, während wir sprachen, mit einem weißen Faden gespielt, hast ihn zwischen Deinen Fingern gespannt, gedreht, dann wieder locker baumeln lassen. Vielleicht habe ich deshalb immer wieder an den Faden zwischen uns denken müssen. Manchmal habe ich Angst, ihn zu verlieren. Unablässig kreisen meine Gedanken um Dich: von den allerhöchsten Höhen des Glücks bis zu den allertiefsten Tiefen der Verzweiflung bewegt sich meine dahingaloppierende Phantasie. Ich, dessen Herz fast fünfzehn Jahre in ruhigem Takt dahinging, hatte nicht für möglich gehalten, welchen Gewalten ich (ausgerechnet in meinem vierzigsten Jahr) noch unterworfen werden könnte.

Sind seit unserer Begegnung in Prag wirklich schon zwei

Monate vergangen? Oder bin ich nicht gerade gestern erst direkt mit dem Taxi zu Euch hinausgefahren? Und Du hast mich am Gartentor erwartet, nahe beim Buchsbaum. Ich habe zum ersten Mal Dein Lachen gehört, seinen dunklen Klang.

Fürchte nicht, daß ich etwas Unvernünftiges unternehmen könnte. Ich weiß, daß es keinen Weg zu der einzigen glücklichen Lösung gibt: unserer gänzlichen Vereinigung. Aber auch unsere Trennung darf keine gänzliche sein. Es muß die Möglichkeit bestehen, daß wir doch immer wieder voneinander hören und uns wiedersehen können.

Und Du mußt mir schreiben.

Ahnst Du nicht, was es für mich bedeuten würde, eine Zeile, und sei es die belangloseste, von Dir in Händen zu halten? Ich kenne ja kaum Deine Schrift.

Du versprachst mir Fotografien von Euch vieren. Die muß ich haben. Ich bin ja wahnsinnig gewesen, daß ich mir keine von Dir mitnahm. Auf solche Weise Dich wenigstens zu sehen, Dich vor mir zu haben, würde es für mich möglich machen, diese Zeit zu überstehen. Die Premiere brächte dann ein Wiedersehen.

Wird es mir vergönnt sein, in Tönen auszudrücken, was ich in und seit diesen Tagen in Prag erlebt habe? Heute könnte ich es noch nicht: ich kann keine Taste berühren, keine Notenzeile schreiben, so blutet die schwerste Wunde. Am liebsten schriebe ich Lieder. Aber wie könnte ich: die Worte der Texte verrieten mich. So müssen es Lieder ohne Worte sein, in denen nur eine Wissende – nur Du – wird lesen können. Vielleicht wird's ein Streichquartett. Im Rahmen von vier Sätzen soll sich alles abspielen, was ich seit dem Moment, da ich Euer Haus betrat, durchmachte:

– die im matten Glanz der Beschaulichkeit in Eurer Mitte verlebten ersten Stunden und Tage und Abende;

– die still und immer süßer keimende Liebe zu Dir;

– die beseligendste halbe Stunde und ganze Ewigkeit jenes Vormittags;

– die dampfende eisige Nacht der Trennung und des Alleinseins, der Entsagung und Öde.

Das wären vier Sätze.

Wenn mir Gott die Kraft gibt, sie zu schreiben, so ist das ja auch nichts anderes als ein Mittel, mich mit Dir in Verbindung zu setzen. Dann hätte meine Musik wenigstens einen Sinn.

Um schlafen zu können, was tu ich nicht alles. Und wie ist das Erwachen? Nicht allmählich, nein, mit einem fürchterlichen Ruck in die ödeste Wirklichkeit vor mir. Da ergreift mich dann die Sehnsucht. Wie soll ich nicht an den Augenblick denken, als Du Deine Hände an meine Wangen legtest. Oder als Du sagtest, nun kann ich Dich wenigstens anschauen. Und es in diesen letzten zwei Tagen auch tatest, wenn es nur immer anging, bis zum letzten Augenblick im Schatten Eures Haustors, wo Du im schwarzen Kleid standest.

Was mir an Dir gefällt? Alles, von Deinem Scheitel bis zu den Fersen. Begonnen hat es bei den Augen. Aber davon reden, lieber nicht. Und einmal muß der Brief doch schließen. Nimm ihn gütig auf. Ich will Dich nicht beunruhigen, aber ich mußte die Wahrheit sagen. Sei mir nicht bös.

Alban

4

David wartete. Er war wieder einmal zu früh da. Er hatte gefürchtet, das kleine Café, das sie ihm angegeben hatte, nicht zu finden und dann zu spät zu sein, sie zu verfehlen. Er kannte diese Kleinstadt nur dem Namen nach. Sie liegt in der Mitte zwischen unsern Städten, hatte sie geschrieben, das Café Laurin ist nicht weit vom Bahnhof.

David blickte durchs Fenster, die Straße war leer, leergefegt von der Kälte. Auf den Jurahöhen war Schnee gefallen, wieder einmal ein früher Wintereinbruch, schon Ende November Schnee.

Simone würde kommen.

Er fragte sich, warum sie ihm geantwortet hatte. Sie freue sich über seine Worte zu ihrem kleinen Aufsatz. Das sei das Schönste, was passieren könne, anzukommen mit einer Arbeit; es geschehe selten, auf der Bühne manchmal, wenn ein Lied gelinge, das Publikum einfach hingerissen sei und spontan applaudiere. Nur darum trete sie immer wieder auf, stelle sich an die Rampe und beginne zu singen, offen, sich selber aussetzend vor Publikum, für ein Publikum. Mit Geschriebenem habe sie weniger Erfahrung, aber sie vermute, daß es schwieriger sei, mit Büchern oder Zeitungsartikeln ein Echo zu finden, Leser und Leserinnen blieben ja meist unsichtbar, sie jedenfalls bekomme auf ihre kleinen Aufsätze kaum Reaktionen.

Hatte sie bloß danken wollen oder hatte etwas in seinem Brief sie neugierig gemacht? Hauptsache, sie war bereit, sich mit ihm zu treffen. Er würde mit ihr allein an einem Tisch sitzen können, nicht mehr mitten unter diesen Todesspezialisten. Er hätte die Tagung wohl längst vergessen, wenn da nicht Simones Stimme gewesen wäre. Er hatte sie in den vergangenen Wochen immer wieder gehört. Sie würde mit ihm reden, ihm helfen bei seiner Arbeit. Er hatte im Telefonbuch ihren Namen gesucht, auch um zu sehen, ob sie verheiratet sei. Er hatte nichts gefunden.

David versuchte zu lesen, ohne Erfolg. Aber er blieb in das Buch vertieft, um nicht ständig auf die Straße zu sehen.

Ich hoffe, ich bin nicht zu spät.

Er schaute auf, als sei er überrascht.

Strähniges Haar umrahmte ihr Gesicht, dünn, lockig, ein helles Braun, in ein Asch gehend.

Kaffee?

Sie nickte, ohne ihn anzuschauen.

Er rief den Kellner.

Ihr Fuß schwebte, leicht wippend, überm nackten Beton. Sie schüttelte ihr Haar aus der Stirn und strich es dann hinters Ohr. Tarnung und Enttarnung, der Gedanke war sofort da. Sie trug einen hochgeschlossenen Pullover, in einem dunklen Grün, Olivgrün, das ihr sehr gut stand. Der Lippenstift war vielleicht eine Spur zu kräftig.

Hatte ihn je ein Gesicht so verwirrt, so fasziniert? Oder sollte er sagen: herausgefordert?

Er hielt ihrem Blick stand, obwohl er darin eine seltsame Heiterkeit wahrzunehmen glaubte.

Mit Musik wollen Sie sich beschäftigen, mit Berg ausgerechnet?

Er nickte. Sagte ja. Und als er anfügte, auch mit dem Singen, mit Ihnen, mit dir, ging sie darauf nicht ein.

Als der Kellner den Kaffee brachte, bestellte sie noch einen Apfelkuchen.

Mit Vanillesauce, sagte sie.

Und warum gerade dieses Thema, Sie haben doch journalistisch gearbeitet?

Ihretwegen. Deinetwegen.

Das hätte er jetzt gerne gesagt. Aber das schien ihm zu aufdringlich.

Er erwähnte die Krankheit, die Arbeit bei der Zeitung, er war nur freier Mitarbeiter gewesen, ein Provisorium. Eigentlich sei er auf der Suche –

Er nahm einen Schluck Kaffee.

Vielleicht sucht man lange und findet dann plötzlich ein Thema, einen Menschen, und glaubt, nicht einfach weitergehen zu können, ohne es versucht zu haben.

Eigenartig, sagte sie, und das soll ausgerechnet Berg sein, ausgerechnet das?

Ausgerechnet das, sagte er, mich interessiert das, wie er damit, ich meine Berg, diese Briefe –

Er brach ab.

Ich will etwas anderes.

Nicht gerade revolutionär.

Ich will es versuchen.

Und ich will noch einen Kuchen, sagte sie.

Er hätte bei der Regionalzeitung schon weitermachen können, der Chefredakteur hätte ihm nach der Krankheit eine Chance gegeben, sich langsam wieder einzuarbeiten, neu zu beginnen, inhaltlich und stilistisch. Er bewunderte Lüscher, seine Nüchternheit, sein kaltes Abwägen. Lüscher habe nicht Unrecht, sagte er jetzt zu ihr, wenn er seine Geschichten tapfer nenne, aber ohne Biß.

Schärfer pointieren, rate Lüscher immer wieder.

Warum er das so ernst nehme, fragte sie, ob er so wenig Vertrauen habe in den eigenen Ton?

Er schüttelte den Kopf.

Vertrauen schon, daran liege es nicht.

Sie wollte nicht in dieser Bar bleiben.

Ein paar Schritte tun, warum nicht?

Frierend gingen sie nebeneinander durch die winterliche Stadt; aus einer Seitenstraße kam plötzlich ein Zug mit Kindern, die Laternen trugen und Lieder sangen.

Advent, sagte sie, da habe auch ich zum erstenmal öffentlich gesungen, mit acht Jahren schon. Und ich bin heute noch erstaunt, daß das Singen mein Beruf geworden ist. Kein Traumberuf.

Sie erzählte von einem Liederabend, den sie eben zum letzten Mal gegeben habe unter dem einfachen Motto *Amore Amore*, nach einem Madrigal von Monteverdi, das Lamento der Nymphe, italienische Opernmelodien, etwa das Sesto aus der Clemenza di Tito, Amino aus der Sonnambula von Bellini, etwas von Meyerbeer.

Sie schritten in ein Bild hinein, eine Winterlandschaft. Von Corot, dachte er, fliehende Gestalten, unschlüssig, von der Kälte gebeutelt, trotzig.

Ich halte die Kälte nicht mehr aus.

Sie schlang die Arme um den Oberkörper. Ihr Gesicht war rot vor Kälte.

Da vorn ist eine Kneipe.

Sie betraten eine verrauchte Gaststube, in der die

Menschen sich an kleinen Tischen dicht zusammendrängten, als müßten sie sich gegenseitig wärmen, und Tee und Punsch schlürften.

Als er sie bat, sie möchten sich doch duzen, nahm sie an, ohne Begeisterung. Sie hätte sich auch vorstellen können, beim Sie zu bleiben, sagte sie und erwähnte diese altfranzösische Form, die Distanz und Vertrautheit zugleich meine.

Sie sagte einige Sätze auf französisch.

Zweisprachig? fragte er.

Eine Mutter aus dem Welschland, eine Vaudoise, und ein Vater aus der Ostschweiz, dem Toggenburg, aber mit österreichischen Wurzeln im Vorarlbergischen, eine seltsame Mischung, seufzte sie.

Sie erzählte von den täglichen Proben, vier bis fünf Stunden Stimmtraining. Jeden Tag die gleichen Übungen, ein nüchterner Alltag. Sie erwähnte auch die Storm-Vertonungen von Berg, die sie mit ihrer Gesanglehrerin nun wieder einstudierte. Das Lied vom Tod und das Lied von der Liebe. Die möchte sie wieder singen, vielleicht auch etwas von Webern oder Schulhof. Der Tod in der Musik, das sei ihr Thema, der Tod überhaupt, weit über jene Tagung hinaus, schon seit einigen Jahren.

Sie brach unvermittelt ab, schlug die Augen nieder.

Er drehte den Löffel in der leeren Kaffeetasse.

Hatte sie die Tagung mit diesen Todesspezialisten auch so schrecklich gefunden?

Sie schaute auf, preßte die Spitzen ihrer Finger aneinander, ganz langsam.

Neigst du zu Übertreibungen?

Sie lachte.

Als sie fragte, wie weit er mit seiner Arbeit sei, wich er aus. Er hatte nach der Tagung im September Aufsätze aus Musikzeitschriften zusammengetragen, zu Berg und andern Musikern. Etwas Biographisches würde ihm gewiß liegen, hoffe er, eine Mann-Frau-Geschichte, es könne auch eine Vater-Sohn-Geschichte sein, eine Arbeit, die ihn packe.

Ich muß wieder zu meinen Sätzen finden.

Was heißt das?

Sie sah ihn herausfordernd an.

Ich muß zu meinen eigenen Worten finden.

Er war froh, daß sie nicht weiterfragte.

Sie sprachen nicht davon, ob diese Begegnung nun ein Anfang sei. Sich wiedersehen? Oder einander schreiben?

Sie gefällt mir.

Das dachte er und behielt es für sich.

Er begleitete sie zum Bahnhof.

War da noch ein Händedruck? Oder ein Lächeln? Er konnte nicht sagen, warum er nach dieser Begegnung erst recht die Gewißheit hatte, nach ihr suchen zu müssen, nach dieser Stimme, nach diesem Gesicht. Etwas trieb ihn an, unablässig. Ihm war, als müsse er Hügel hochrennen, auf Berge klettern, durch Ströme schwimmen.

Das ist jetzt dein Thema, sagte er sich, als sie längst im Zug verschwunden war.

5

Er saß im abfahrbereiten Zug, viel zu früh, aber die Ungeduld hatte ihn zum Bahnhof getrieben, etwas, das ihn drängte, ihn ungestüm machte? Oder war es vielleicht bloß die Furcht, zu spät zu sein, zu warten und den nächsten Zug nehmen zu müssen, Stunden später?

Und sie würde vergeblich auf ihn warten, sie, die eine, die er besuchen wollte in der andern Stadt.

Würde sie auch mit Ungeduld auf ihn warten? Oder mit Bangen? Sich freuen auf ihn, der da kam?

Er hob die Tasche ins Gepäcknetz, faltete die Zeitung auseinander. Und er winkte hinaus zu seiner Frau, die da auf dem Bahnsteig stand, zu ihm hinaufsah, zärtlich; ihre Hand, die zum Mund ging, dann in seine Richtung, der da im Waggon saß, die Zeitung in der Hand, auf sie hinunterschaute mit großen Augen.

Und als der Zug sich endlich in Bewegung setzte, ging Helene ein paar Schritte neben dem Waggon her, als wollte sie ihn noch ein Stück begleiten. Und sie winkte, bis er sie nicht mehr sehen konnte.

Die gute Helene, lächelte er.

Später fuhr er in die Ebene hinein, er liebte diese Landschaft, die Donau, die ganz nah war, die Korn- und Rübenäcker, die Auenwälder, Föhren manchmal, Robinien, Pappeln, dieses unendliche Grün. Er möchte wieder einmal ins Weinviertel, hatte er zu Helene gesagt, über die Weinterrassen des Wagram, hinüber nach Mistelbach und Poysdorf.

Dieses Hinein ins Grün, in den Staub der Äcker, war auch ein Hinein in dieses Gesicht in der anderen Stadt, Prag, Hannas Gesicht, das ihm entgegenkam, aus den Sträuchern, und ihr Mund aus dem Rot des Mohns. Konturen, die sich abhoben, Schattenlinien, fein geschnitten, diese Augen, für die er keine Worte fand, keine Töne.

Würde sie zum Bahnhof kommen oder in ihrer Wohnung draußen in Bubeneč auf ihn warten?

Außerhalb des Zentrums liege das Haus, von Parks umgeben, nicht weit von der Moldau; herrschaftlich sei das Haus, hohe Räume habe es, Bubeneč Nummer 593. Alma hatte ausführlich berichtet.

Würde Herbert auch da sein? Oder würde Hanna mit den Kindern allein sein, ihn erwarten? Ihn begehren?

Hatte sie überhaupt an ihn gedacht, seit jener Begegnung in Wien?

Ein wunderliches Treffen im Kaffeehaus bei der Oper. Nur Alma konnte so etwas arrangieren. Die Bergs und die Werfels, hatte sie gesagt, das ist eine ganze Welt.

Er hatte nur Hannas Augen gesucht, und manchmal hatten ihre Blicke sich getroffen. Alma hatte gelächelt. Alban denkt immer an Musik, hatte sie gesagt, und an die Frauen. Helene hatte das nicht besonders lustig gefunden. Und Herbert hatte den Kopf geschüttelt.

Hanna und Herbert, ein sonderbares Paar, hatte er gedacht. Aber vielleicht wirken Paare immer sonderbar, diese seltsame Mischung aus Vertrautheit und Argwohn, aus Gewohnheit und Überdruß, aus Fürsorge und Mißtrauen.

Immer wieder Hannas Blicke, die ihn suchten, so

selbstverständlich, als hätten sie das schon immer getan.

Hannas Augen.

Schrieb er da schon die ersten Worte, vom Herzklopfen, das nicht mehr wich, vom Dahintorkeln und Durch-die-Zeit-Fallen?

Formten sich da die Sätze der Erwartung, der Ahnung, des immerwährenden Verhängnisses, von der Wunde, die sich nie mehr schließen wollte?

Dein Gesicht, dein Mund, und dann dein – er erschrak und schwieg, erwähnte rasch die wogenden Felder im Sonnenglast da draußen, die eingerahmt waren von schmalen Streifen roten Mohns.

Er verweilte, kehrte nur langsam zurück zu dieser Gestalt, erwähnte Eleganz und Anmut der Kleidung, gebrauchte das Wort Noblesse, kam sich ganz kindisch vor, verfiel der Magie der Zahlen, seine Fahrkarte enthielt seine und ihre Zahl, die Zehn und die Dreiundzwanzig.

So kindisch war ich noch nie, dachte er, ein Mann von vierzig Jahren, kränkelnd manchmal, aber dem Leben zugewandt.

Als der Zug in die Halle des Prager Hauptbahnhofs einfuhr und der Rauch an seinem Fenster vorüberzog, ein schlieriges Braun, da wagte er sich schon nicht mehr vorzustellen, wie das sein würde, wenn sie sich begegneten, sie und er, an diesem diesigen Tag, im Prag des Jahres fünfundzwanzig; auf der Fahrkarte stand das Datum: Mai, der vierzehnte.

Sie würden sich begegnen, der Mann und die Frau, Hanna Fuchs und Alban Berg, die Töne A und B, H und F, noch auseinandergerückt, einander fern.

Und Jahre später würde er fragen, ob er an diesem Tag wirklich Prag besucht hatte, da gewesen war, worüber sie geredet hatten.

Über die Ehe vielleicht, die sie beide band? Ob man wissen konnte, was einen hinzog zu einem Menschen, so ganz unvermittelt, etwas, das einbrach in den Tag, etwas, gegen das man sich nicht wehren konnte? Das wogt, wird er schreiben, immerzu, ein Meer. Und aus der Tiefe ertönte ein Schrei, der Musik werden wollte.

Sein Stift hielt Bilder fest, hastig waren sie hingeschrieben auf das Papier, damit sie nicht verlorengingen:

Spaziergänge mit dir allein.

Gehen auf dem Waldweg in den Stern-Park.

Als du deine Hände an meine Wangen legtest.

Das Konzert im Smetana-Saal (ich in deiner Nähe).

Die Wozzeck-Generalprobe im verdunkelten Theater.

Die Ewigkeitsmomente in der Bibliothek.

Die Berührung unserer Füße unter dem Tisch.

Unser Verweilen auf dem Belvedere-Plateau in diesem grellen Nachmittagslicht.

Teetrinken im Café Radetzky.

Der Spaziergang mit den Kindern durch den Stromovka-Park, und unvermittelt deine Hand auf meinem Arm.

Und manchmal ließ er Linien frei – leerer Raum zwischen den Zeilen, den nur die Erinnerung füllen würde.

Später saß er wieder im Zug, vermochte nicht zu sagen, wieviel Zeit vergangen war seit der Ankunft. Einige Tage, Monate, ein ganzes Leben? Das vielleicht am ehesten: ein ganzes Leben.

Er wollte vergessen, was in ihm wühlte und drängte und keine Sprache fand.

Er summte, leise, vor sich hin, summte im Takt dieser schlagenden Räder.

Und hinter den geschlossenen Lidern tauchten die Bilder auf, diese Maitage in Prag. Er summte weiter.

Er summte und sah Hannas Gesicht, folgte den Wellen ihres Haares. Wie Wellen, die im Sand auslaufen, dachte er. Wie rasch sich doch alles ändern kann, wenn zwei Augen uns treffen, die Welt und was wir von ihr sehen, die Menschen, die Worte und die Töne. Alles ist anders mit einemmal, und wir wissen nicht, wie wir darüber reden und noch weniger, wie wir damit leben sollen.

Er summte, nah jetzt das Gesicht, über ihn gebeugt, die Lippen nah, er summte lauter, sang schon, fragte sich, ob er Töne finden würde für diese Bilder, die da waren, Hanna und er.

Er summte wieder, lauter, als sänge er in die Landschaft hinaus, in dieses nächtliche Dunkel.

Lauter wurde jetzt das Schlagen der Räder, lauter wurde auch sein Singen.

Er atmete auf, als er feststellte, daß die Bilder verblaßten, dann ausblieben, als wären sie müde geworden.

Nur das Schlagen der Räder hörte er nun, gleichmäßig, immer leiser werdend, verebbend, eine Woge, die auslief und ihn mittrug. Sie wiegte ihn in einen unruhigen Schlaf.

Als die Lautsprecherstimme die Ankunft in Wien ankündigte, empfand er das als Beruhigung. Helene würde am Bahnhof sein, sie würden zusammen noch ein wenig durch den zweiten Bezirk schlendern, wie sie das immer taten, wenn er von einer Reise zurückkehrte, im Dehmel oder im Aida noch einen Kaffee trinken und später mit dem Fiaker in die Trauttmannsdorffgasse fahren. Und da würde seine Arbeit sein, der Alltag, das andere Leben: Komponieren, als gälte es, dem immer Unerledigten im Leben, dem Unheimlichen eine Form zu geben.

Und während er seine Sachen zusammenpackte, fragte er sich schon, ob das alles nicht bloß ein Traum gewesen sei, Hanna und Prag und die Reise überhaupt.

Für einen Augenblick fühlte er sich leicht.

Als er sich langsam auf den Ausgang zu bewegte und draußen auf dem Bahnsteig Helene gewahrte, da hörte er die Melodie wieder, klar und deutlich, Töne, Takte, Noten, wie in Wachs geritzt. All die Bilder aus Prag wollten Klang werden in ihm. Musik, dachte er, unvergängliche Klänge, es gab nichts Größeres als Musik, ohne Musik wäre das Leben ein Irrtum. Er strahlte, blieb einen Augenblick völlig unbewegt, dann hob er die Hand zu einem Winken –

6

Als er den Bahnhof verließ und die Straße überquerte, schneite es. Die Stadt schien menschenleer, feucht der Asphalt, mit schmalen Rändern von Schnee. Auf der Brücke blieb er einen Augenblick stehen.

David Rudan fühlte sich wohl wie schon lange nicht mehr.

Im Spital brannte Licht. Wochen hast du da oben gelegen, dachte er, nichts als diesen Schmerz im Unterleib, am Tag, in der Nacht, immerzu. Und nun gehst du durch die Nacht, wie einer, der noch einmal davongekommen ist.

Auch im Gebäude, in dem die Zeitung untergebracht war, waren noch Fenster erleuchtet. Er könnte hinaufgehen, vielleicht wäre Lüscher im Nachtdienst, er könnte nach Projekten fragen, sich in Erinnerung bringen.

Er schüttelte den Kopf.

Er würde nichts zum Jahresende, nichts zur Jahrhundertwende schreiben. Aber du möchtest die Geschichte dieses Paares, Alban Berg und Hanna Fuchs, die Geschichte einer Liebe schreiben, statt der vielen Themen in deinem Kopf für einmal nur eine Geschichte, eine Stimme.

Schreib diese Geschichte, hatte Simone gesagt.

Schreiben, um Simone zu finden?

Der Schnee fiel heftiger. David schritt schneller voran. Er wünschte sich, einer der Quartierbewohner käme ihm entgegen, grüßte ihn.

Auf den geparkten Autos und den Gartenzäunen lag

Schnee, über einzelne Fenster des Wohnblocks kroch der bläuliche Widerschein eines Fernsehers. Doch niemand war zu sehen. Für einen Augenblick stellte sich David vor, Ines wäre da und hätte im Ofen Feuer gemacht und einen Punsch auf den Tisch gestellt. Manchmal war Ines überraschend aufgetaucht, hatte den Tisch gedeckt und mit ihrem Summen das Haus erfüllt.

David zog die Post aus dem übervollen Kasten. Die Wohnung roch feucht, war kalt.

Er hatte keine Lust, Licht zu machen. Er öffnete im Dunkeln eine Flasche Wein, schenkte sich ein, prostete sich zu.

Am nächsten Tag schrieb er zwei Briefe, einen an Lüscher und einen an Simone. Er teilte Lüscher mit, daß er bis auf weiteres den Freitagssitzungen fernbleiben und vorläufig auch nicht schreiben werde, nicht zum Jahresende, nicht zur Jahrtausendwende. Ich bin nicht aktiv, schrieb er, sondern außer Dienst, fuori servizio. Das alte Jahrtausend wird auch ohne meine Zeilen ausklingen und das neue braucht meine Glückwünsche nicht.

Simone schrieb er eine Karte. Ich möchte Dich wiedersehen, am liebsten noch vor dem Ende dieses Jahres. Ich möchte mit Dir reden, über Deine Musik, über Deine Arbeit. Dein Aufsatz hat mich begeistert. Deine Lippen. Deine Stimme. Ich möchte sie gern wiederhören. David.

Kaum hatte er den Brief eingeworfen, hatte David das Gefühl, nicht die richtigen Worte gefunden zu haben. Er kehrte zum Briefkasten zurück und versuchte, den Brief wieder aus dem Kasten zu fischen. Es gelang ihm zweimal, einen Brief zu erhaschen und herauszuziehen, aber beide Male war es ein fremder Brief. Für einen Augenblick überlegte er, ob er diesen fremden Brief mitnehmen und lesen sollte. Plötzlich entdeckte er zwei Männer, die ihn beobachteten. Rasch warf er den Brief in den Kasten zurück und verschwand.

Er fragte sich, ob er eine zweite Karte an Simone schicken sollte, mit der Bitte, den ersten Umschlag nicht zu öffnen, ihm sei ein Irrtum passiert.

Doch er ließ es bleiben, schlief unruhig.

Täglich versuchte er zu lesen, sich Notizen zu machen über das Wien der Jahrhundertwende. Altenberg und Werfel. Er hörte sich die Musik von Berg an, wünschte sich, Simone wäre da und lauschte mit ihm der Musik. Diese Musik führt mich in ein Labyrinth der Angst, dachte er.

Täglich ging er zum Briefkasten, oft viel zu früh, weil der Briefträger in den Wochen vor Weihnachten später kam als das Jahr über. Als nach zwei oder drei Wochen, es ging schon gegen Weihnachten, keine Antwort von Simone eingetroffen war, sah er sich in der Befürchtung bestätigt, daß er die falschen Sätze geschrieben hatte.

Draußen lag hoher Schnee wie seit Jahren nicht mehr im Dezember. Er blieb jetzt auch tagsüber im Haus, las, hörte weiter Musik. Die Tagebücher des alten Julien Green nahmen ihn gefangen. Einer, der sich in seinen letzten Jahren nur noch im Karminrot seiner Wohnung bewegt hatte, in der Aura seiner Bücher. Und die Welt draußen, die Straßen von Paris, all das kümmerte ihn nicht mehr. Die Stadt sei ihm zum Monster geworden, schrieb er, voll Lärm und Gestank, seine Freunde seien alle längst tot und die Menschen von heute kenne er nicht mehr, aber die Ereignisse seien ohnehin im Inneren.

Nur noch mit sich selber sprechen, dachte David, wäre da nicht endlich Ruhe zu finden? Vor diesen vielen Stimmen der anderen, die ihn täglich trafen, wo immer er ging, ihn bevölkerten, unvermittelt, ungewollt, und nachts in seinen Träumen wohnten. Nicht mehr die Begierden, nicht mehr dieses Hoffen und Enttäuschtsein. Nichts mehr erwarten, nicht einmal Worte und Sätze.

Nach dem Dunkelwerden verließ er manchmal das Haus, schlug den Mantelkragen hoch und spazierte durchs Quartier und in die Stadt. Er erschrak, wenn ihn jemand unvermittelt grüßte, und ging rasch weiter. Er lächelte, wenn er im Haus der Zeitung spätabends noch Licht in den Fenstern und Korridoren sah. Manchmal blieb er stehen und lauschte dem Lärm der Druckmaschinen, dachte an all die Wörter und Sätze, die da zu Papier gebracht wurden.

Für wen soll das gut sein?

Er nahm sich, während er weiterging, vor, in einer Kneipe einzukehren, ein Glas Roten zu trinken und dann wieder aufzubrechen. Aber vor der Tür des Gasthauses wartete er, zögerte, fand Gründe, dieses Gasthaus nicht zu betreten und weiterzugehen bis zum nächsten. So zog er weiter, an Gaststätten, an der Stadtkirche vorüber. Er bog in die Altstadt ein, überquerte den Klosterplatz und betrachtete, wenn niemand zu sehen war, den Aushang im Kino: Jagden nach Liebe, Gangstern und dem großen Geld. Filme, die er sich nie ansehen würde. Und wieder zögerte er, ob er im Ratskeller oder im National einkehren sollte.

Er schaffte es nicht. Und war er dann unten am Fluß, schien es ihm zu spät, noch einzukehren. Er blickte auf den Fluß hinunter, lauschte dem Gurgeln des Wassers, hörte vom nahen Bahnhof die Lautsprecherstimmen, die einfahrenden Züge, manchmal Gelächter, Geschrei, fremde Stimmen; er legte unwillkürlich die Hände über die Ohren.

Mit eiligen Schritten kehrte er in seine Wohnung zurück, blickte auf den Anrufbeantworter, obwohl er wußte, daß da kaum ein Blinken sein würde.

Wenn er in der Nacht erwachte, tastete er unwillkürlich nach der leeren Matratze neben sich, der kühle Stoff machte ihn frösteln, seine Finger gruben sich in die Decke.

Er hatte sich schon lange vorgenommen, das zweite Bett in den Estrich zu stellen, aber er hatte es dann doch wieder unterlassen.

Manchmal notierte David einzelne Wörter.

Am Weihnachtstag erwachte er mit Migräne. Eine grippeartige Erkältung schnürte ihm den Hals zu; wenn er reden wollte, klebten die Worte im schleimbelegten Rachen und ließen ihn husten.

Von Simone traf kein Brief ein.

Die Belegschaft der Zeitung wünschte ihm schöne Festtage. Der Schneefall ging in Regen über, Wind setzte ein.

David überlegte, ob er nicht wenigstens ein paar Kerzen aufstellen und den Tisch mit Tannenzweigen schmücken sollte. Er verwarf den Gedanken und blieb beim Eindunkeln lange ohne Licht sitzen. Das Würgen im Hals hinderte ihn daran, etwas zu essen.

In der Post lag auch eine Karte von Ines, David legte sie zum Altpapier. Als der Wind nachließ, trat er in den Garten hinaus und lauschte ins Dunkel.

Alles blieb still.

Kapitel 7

Alma fährt nach Prag! Helenes Stimme klang herauf durchs offene Fenster.

Welcher Tag ist heute, schoß es ihm durch den Kopf. Rasch blickte er auf den Kalender, zuckte zusammen: der 23. 10., Hannas Zahl, seine Zahl. Kein Zufall, das wußte er gleich, er kannte das Geheimnis der Zahlen. Dreiundzwanzig-zehn: ihr Tag.

Er müßte jetzt nach Prag fahren, nicht Alma.

Wann fährt sie?

Laut rief er in den Garten hinaus.

Helene blieb stehen, schaute auf zu ihm, der da am Fenster stand, angespannt, unruhig.

Am frühen Nachmittag, sie wird noch vorbeikommen, so gegen zwei.

In zwei Stunden also.

Schreiben, dachte er, wenn er schon nicht fahren konnte, wenigstens schreiben. Alma würde den Brief mitnehmen und ihn Hanna übergeben, unauffällig. Sie war mit Affären vertraut und hielt den Mund. Aber ihm gegenüber würde sie einen Kommentar nicht unterdrücken können, einen wissenden Blick, eine anzügliche Bemerkung. Wiesengrund war verschwiegener, steckte die Briefe ein, ohne ein Wort darüber zu verlieren, immer korrekt und vollkommen diskret.

Ich arbeite noch, rief er Helene zu.

Liebe, schrieb er, ich habe nur zwei Stunden für diesen Brief, aber ich muß Dir schreiben, es ist unser Tag, der 23. 10. Könnte ich Dir doch alle Tage schreiben!

Wieviel leichter wäre es, die Trennung zu ertragen, wenn wir voneinander durch eine Art Tagebuch wüßten, das jeder von uns führte und das wir uns alle paar Wochen einmal zukommen lassen könnten.

Er hielt inne. Kam da jemand die Treppe hoch? Helene? Ahnte sie etwas?

Er lauschte, hörte Helenes Schritte im Garten. Rasch glitt der Stift wieder über das Papier. Er schrieb jetzt von seinem Liebesbangen, von dieser Qual des Verzichts, der schmerzte.

Für einen Augenblick legte er den Stift nieder, zu zittrig war seine Schrift. Unten schrillte die Hausglocke.

Nur kein Besuch jetzt.

Ich bin nicht zu sprechen.

Seine Stimme gellte durchs offene Fenster.

Rasch weiter, sagte er sich, und schrieb.

Wenn ich mir vor Augen halte, daß ich Dich, in ein paar Wochen vielleicht, sehen darf, Deine Hand drükken und küssen werde, so kann ich nichts anderes glauben, als daß ich in diesem Augenblick, wie vom Schlag gerührt, umsinken werde.

Was für ein fürchterlicher Sommer ist vorübergegangen, erbarmungslos in seiner düsteren Glut, trostlose Wiener Wochen, und immer diese schreckliche Ungewißheit, ob sich ein Wiedersehen im Oktober ergeben werde, wenn Du, Hanna, nach Zürich reist. Wir beide in Zürich, das Opernhaus am See, das Schlendern den Quai entlang, Teetrinken im Odeon, zu einem Wein in die Bodega oder ein Gang über den Lindenhof, Wege mit Dir.

Er schaute durchs Fenster. Das Laub fiel, bald November, die Nebel; die quälende Stille des Winters stand bevor.

Vom Sommer will ich Dir berichten, Hanna, aufwühlende Wochen, weil ich nichts von Dir hörte, nicht wußte, ob Du mich noch liebst.

Ich stürze mich in Arbeit, schrieb er, das Quartett muß fertig werden, jener Teil, dem die Worte von Baudelaire unterlegt sind: Aus der Tiefe zu Dir dringt mein Schrei. Das war mein Sommer, Hanna, wie war Deiner?

Wird es mir vergönnt sein, wieder einmal ein paar Blicke mit Dir zu tauschen?

Nur in der Musik, die ich schreibe, bin ich Dir nahe. Sie ist gedacht als ein Bekenntnis (das niemanden etwas angeht als nur Dich) unseres Liebe-Erlebens in allen seinen Phasen, vom Beginn meines im Mai nach Prag-Kommens: dem ersten Satz, einem Allegretto gioviale als Einleitung, als Anfang zwischen Dir und mir. Niemand darf wissen, daß dieses Werk, ich nenne es Lyrische Suite, voll von geheimen Beziehungen ist: die Zahlen 10 und 23 und die unserer Anfangsbuchstaben HFAB (die ja, verschlungen, auch die Anfangs- und Endtöne des Tristan-Themas sind).

Er schaute wieder auf, sah den Kalender, ausgerechnet heute war der 23. 10., wie gut, daß wenigstens Alma nach Prag fuhr, in Hannas Nähe sein würde und diese Zeilen überbringen konnte.

Dir sagen, Hanna, wie sehr Du in meiner Musik lebst, der zweite Satz, das Andante amoroso, zeigt Dich und Deine Kinder in drei Themen. Am Schluß strahlt Dein Thema als innigstes über den zwei andern. Und auch ein ahnungsloser Hörer wird etwas von der Lieblichkeit verspüren, die mir vorschwebt, wenn ich an Dich denke. Erst im vierten Satz soll sich unsere Liebe zur Liebesleidenschaft steigern: »Du bist mein Eigen«.

Wieder schrillte die Hausglocke. Er hörte Stimmen.

Alma will sich verabschieden.

Helenes Stimme tönte durchs Treppenhaus.

Er öffnete die Tür.

Alma soll kommen.

Er nahm nochmals den Stift.

Danach kommt der Abschied, zwei Sätze, erst das Presto, dann das Largo desolato, Verzweiflung und Trostlosigkeit des Fernseins von Dir.

Er hörte jetzt Almas Schritte.

Wird man in meiner Musik diese Traurigkeit spüren? Wenn nur Du sie spürst, Hanna, dann ist das nicht umsonst geschrieben. Wenn Du nur, meine Hanna, spürst, wie ich Dich liebe, dann hat nicht umsonst geliebt –

Da klopfte es schon.

Den Namen schrieb er noch.

Herein, rief er und faltete das Papier zusammen.

8

Davids Hand umklammerte den Brief in seiner Tasche, er sah auf zur großen Uhr in der Bahnhofshalle, ein Treffpunkt; überall standen Menschen, die auf jemanden zu warten schienen. David musterte die Gesichter der Wartenden. Was ging in ihnen vor? Welche Hoffnungen begleiteten sie, die zwei alten Frauen, die am Geländer lehnten und zum Treffpunkt aufschauten? Der Mann mit den ausgebeulten Hosen, dessen Lider unablässig zuckten? Und er, David, wie oft hatte er selber gewartet? War er je etwas anderes als ein Wartender gewesen, noch dazu ein oft vergeblich Wartender? Und jetzt diese Unruhe. Angst, nicht ins Gespräch zu finden, Angst vor Erwartungen, vor Enttäuschungen?

Wie kann einer ein gelassen Wartender werden?

Einen Augenblick dachte er daran, den Brief aus der Tasche zu ziehen und sich zu vergewissern, daß er sich nicht im Datum geirrt hatte.

Lieber David,

es gäbe viel zu schreiben und vielleicht auch zu reden, was geschieht, wenn zwei Menschen sich begegnen und sich näherkommen im Gespräch. Bilder entstehen, aber auch Ängste. Man fühlt sich angezogen von einem andern Menschen und schreckt zugleich davor zurück, ihm näherzukommen.

Warum?

Vielleicht weil man erzählen müßte über Gelebtes und

Ungelöstes, über Verletzung und Verstrickung. Über Sehnsucht. Über Erfahrungen, die man gemacht hat, über Prägungen.

Ich habe Deinen Brief gerne gelesen.

Briefe schreiben mag schön sein, besonders in dieser Zeit, wo soviel Geschwätz uns trifft. Aber wir sind nicht mehr im Wien Alban Bergs, keine Nachfahren der Romantik und schon gar nicht Briefeschreiber der Belle Epoque.

Was sind wir? Die etwas unsicher gewordenen Kümmerer an der Schwelle zum 21. Jahrhundert, etwas affektiert und etwas mutlos, mit der gelegentlichen Klarsicht, daß wenig geblieben ist an Wirklichkeit und Hoffnung, und an Stille schon gar nicht? Storm schließt uns keine Augen mehr zu.

Aber was schreib ich da?

Treffen wir uns also. Warum nicht zu einer Lesung, nächsten Mittwoch halb acht. Danach können wir immer noch plaudern, auch über die Wiener Schule.

Simone

Wieder schaute David auf die Uhr. Wann war er einmal nicht zu früh? Fast eine Stunde, seufzte er.

Er hatte den Brief, einen grauen Umschlag, auf dem in schwarzer Schrift seine Adresse stand, lange ungeöffnet in den Händen gedreht. Vielleicht würde sie ihn gar nicht noch einmal sehen wollen. Solange der Brief ungeöffnet blieb, konnte er die Illusion wahren, sie würde einem weiteren Gespräch zustimmen. Zehn Tage war das her. Sie hatte geantwortet. Berg hatte vielleicht nie eine Antwort bekommen. Keine Briefe. Hanna hatte sich an die Abmachung gehalten.

David wartete lange. Aber plötzlich sah er ihr Gesicht in der Menge, es schien ihm, auch als sie nah war und ihn anschaute, weit weg.

Sie reichte ihm die Hand, zog sie aber rasch wieder zurück. Sie gingen nebeneinander durch die Stadt, über die Brücke, dann den Fluß entlang. Der Regen hatte aufgehört, aber das Grau der Wolken wollte sich nicht lichten. David setzte zu einem Gespräch an, aber immer wieder kamen ihnen Leute entgegen, denen sie ausweichen mußten, so daß er den Faden verlor, es schließlich aufgab.

Vom Wetter zu sprechen hatte er sich verboten, aber er hätte ihr gern die Strähne aus der Stirn gestrichen und die kleinen Schweißtropfen von ihrer Schläfe weggetupft.

Das zweite Gespräch fällt nicht so leicht, wir sind keine Zufallsbekannten mehr.

Sie blieb einen Augenblick stehen, schaute ihm direkt ins Gesicht, herausfordernd, dachte er und fragte sich schon, was sie von ihm denke.

Ich kann auf der Straße nicht reden, wenn ich ständig abgelenkt bin.

Vielleicht schauen wir uns einfach um. Da oben hat man eine schöne Sicht.

Sie wies auf die Bäume, den Platz überm Ufer und ging voran.

Ein Hügel in der Stadt, und dazu noch unter Linden.

Sie nahm die Haltung einer Fremdenführerin an, deutete auf die Kirchen und das alte Flußbad für Frauen.

Da geh ich manchmal hin.

Als sie endlich im Café saßen und niemand sie störte,

fand David dennoch keine Worte. Er rührte in seiner Tasse. Er wollte nicht mit seinen Fragen zur Musik beginnen, damit ihr Gespräch nicht gleich einen geschäftsmäßigen Verlauf nehmen würde. Aber es gelang ihm auch nicht, von sich zu erzählen.

Sie schwiegen eine Weile.

Still, und nichts zu finden in der kostbaren Stille.

Simone sagte es mit spöttischem Unterton.

Er sah sie verwundert an.

Schau nicht so verdutzt, es sind Verse, chemische Gedichte, die wir heute abend hören werden, ich hoffe, sie werden dir auch gefallen.

Als sie aufbrachen, hatte David das Gefühl, den Augenblick versäumt und all das nicht gesagt zu haben, was ihm wichtig gewesen wäre. Einmal legte Simone die Hand auf seinen Arm und fragte ihn, warum er so zerknirscht wirke.

Er sagte rasch, er sei keineswegs zerknirscht, nur etwas nachdenklich. Er habe manchmal, sagte er, besonders bei Regenwetter, einen Hang zur Melancholie, aber das besage nichts.

Die Lesung begann pünktlich und mit großem Gelächter, weil Inger Christensen die Feierlichkeit der Ansagerin dadurch störte, daß sie überlaut nieste.

In langen monotonen Wortreihen besang die Lyrikerin die Aprikosenbäume. Sie setzte immer neu an, ein eindringlich-beschwörender Singsang evozierte das Vergängliche, Dahinschwindende. … *die Tage gibt es; die Tage, den Tod; und die Gedichte gibt es; die Gedichte, die Tage, den Tod …*

Auf einmal sah David, daß Simone weinte.

Er berührte sie sachte an der Schulter und nickte ihr zu.

Als sie später zum Bahnhof gingen, begann es wieder zu regnen. David zog den Schirm aus der Tasche, und Simone hakte sich bei ihm unter. Er spürte den Druck ihrer Finger an seinem Oberarm. Sie kamen nicht mehr auf die Lesung zu sprechen. Wie nebenbei bemerkte Simone, wie sehr diese schlichten mathematisch gefügten Verse einfach alles enthielten, die Freude, die Trauer, den Trost, und durch ihr kühles Benennen an Eigenes rührten, an Vergangenes.

Er nickte. Er hätte jetzt gerne gefragt, was sie damit meine, aber er ließ es bleiben.

Sie wollte nicht mehr einkehren und lud ihn auch nicht ein, sie nach Hause zu bringen.

Es fröstelte sie.

Sie sei müde. Den ganzen Tag auf den Beinen gewesen.

Er schwieg.

Wann geht dein Zug, fragte sie.

In ein paar Minuten, antwortete er, gab ihr die Hand und überquerte in Eile die Straße, als sei der Zug schon abfahrbereit.

Er drehte sich nicht mehr nach ihr um.

Als er im Zug in die Nacht hineinfuhr, fragte er sich, warum sie ihn überhaupt eingeladen hatte.

Warum geriet gerade er immer in solche Situationen? Er würde ihr eine Weile nicht mehr schreiben, vielleicht überhaupt nicht mehr. Geheimnistuerei mochte er nicht.

Er hatte keine Lust, an der Nase herumgeführt zu werden.

Rückzug, schweigen, für eine Weile, dachte er, das wird gut sein.

Noch im Zug erreichte ihn eine SMS:

Manchmal tut und äußert man nicht, was man möchte. Aber später vielleicht. S.

9

Da war einer zurückgekehrt von einer Reise, von Tagen, an denen er geahnt hatte, was Glück sein könnte, Einklang. Vor ihm die Gassen und Gäßchen der Stadt, durch die sie gegangen waren, vom Bahnhof hinunter an die Moldau, über die Niklas-Brücke und weiter nach Bubeneč: die lange Allee, an den Villen vorüber, die hier einsam im Grün standen, von hohen Mauern umgeben. Immer nah, ihr gelöstes, ihr weiches Gesicht: in der Erinnerung wurde die Verklärung groß. Sich dagegen wehren?

Nun befand er sich wieder zu Hause, alles war wie all die Jahre, die er hier gewohnt hatte, jeder Gegenstand war an seinem Ort. Helene machte ihre Hausarbeiten. Er blickte über die Dächer von Alt-Hietzing, hörte das morgendliche Bellen der Hunde, sah den Wildwuchs im Garten.

Du bist wieder da, du hast viel gesehen, bist durch die Straßen von Prag geschlendert, über die Karls- und die Niklasbrücke und hinauf zum Belvedere. Und an deiner Hand die Liebe: eine schmale Gegenwart.

Nun würde da wieder der Alltag sein, das Arbeitszimmer, die Projekte und Pläne, die Freunde, er könnte mit Soma ins Café Stöckl gehen und weit in den Nachmittag hinein plaudern. Oder er würde endlich mit dem Komponieren beginnen können, die Töne niederschreiben, die in seinem Kopf waren seit dieser Reise, eine Form finden, einen Rhythmus.

Maitage, hell und glänzend, nicht zu heiß. Nein, du

solltest nicht spazierengehen, nicht schon wieder Zerstreuung, nur dasein jetzt, in der Arbeit, die drängt, diesem Werk, das quält.

Die Hand glitt übers Papier, suchte den Bleistift, eine weiche Mine, jeder Strich ein dunkles Schwarz. Damit schriebst du immer, Töne und Wörter. Damit hast du die kleinen Zeichnungen für Helene gemacht, die Geburtstagskarten für Manon und Anna, für Alma. Manchmal hast du die Wörter gern, sie rücken weg, was zu nah ist, was wühlt in dir und schmerzt.

Du kennst die Wörter, sie stehen da auf dieser Liste, du brauchst nur auszuwählen, und schon wirst du die ersten Töne hören können, die Melodie, die langsam einsetzt, vier Akkorde aus Quinten, noch ein wenig schwer, unterwegs schon ins Hauptthema, Becherklang, Freude, ein Pizzicato dann. Dreimal dreiundzwanzig Takte. Die Dreiundzwanzig ist deine Zahl. Danach ein Andante, noch verträumt, spielerisch, gentile giocoso, Wörter nur als Brücken, Boten zwischen euren Welten, Bilder von dem, was sein könnte, wenn da Zeit wäre und Raum für die Liebe. Der fremde Klang der Wörter ist gut, er rückt weg, wie man ein Gewicht langsam von sich stößt, nur ein wenig zunächst, aber doch so weit, daß es sich aus der Ferne, der nahen Ferne, betrachten läßt.

Diese Unruhe. Dieser Stachel. Wo bist du hingeraten? Was wühlt da in dir?

Der Klang schon, der fremde? Der schon im Zug zu hören war, aus dem Schlagen der Räder heraus? Wie wäre zu reden von dem, was da ist, was spricht, unablässig, dachte er, schob den Bleistift näher ans Papier.

Erzählen, was schmerzte. Aus der Tiefe rufen, die Bilder, die Namen.

Unsere Namen, hatte er gesagt, verklammert wie unsere Seelen, Zahlen in der Zahlenreihe, Gestirne unter Gestirnen, Hanna und Alban.

Langsam näherte sich der Stift dem Papier, schrieb die Wörter hin, eins unter dem andern: Allegretto-Andante-Allegro-Adagio, vier Abschnitte, und dann der Abschied von Hanna, ein Presto für die Leere.

Der Bleistift zuckte zurück. Draußen vorm Fenster das Gurren der Tauben. Er prüfte die Reihe, fügte dem Presto einen weiteren Abschnitt an: Largo. Er tippte die sechs Wörter mit der Bleistiftspitze an, sechs Bilder, dachte er, sechs Sätze, sechs Kapitel einer Liebe, die Musik werden wollen.

Und dein Zittern, sagte er sich und suchte weiter nach Wörtern, eine zweite Reihe, gleich neben die erste. Das Andante bekam amoroso beigesetzt. Und das Adagio? Da zögerte er wieder, setzte affetuoso dahinter; zu wenig, dachte er, viel zu wenig für das, was war zwischen ihm und Hanna. Er setzte appassionato dazu, leidenschaftlich waren sie gewesen, glücklich im Begehren.

Am Ende das Largo, die Abreise, die endgültige Trennung. Da fielen ihm die Wörter gleich reihenweise ein: doloroso, lacrimoso, fürchterlich war es gewesen, lamentabile oder gar desolato? Wäre dies das richtige Wort für das Grauen, das Dunkel, das herrschte ohne Hanna? Ohne deine Hände?

Deine Stimme, Hanna. Sie fehlt mir.

Er hörte ein Geräusch auf der Treppe, Schritte, erschrak, deckte rasch sein Blatt zu, beugte sich über ein Heft, atmete auf, als die Schritte sich entfernten.

In einer dritten Kolonne setzte er Zahlen hinzu,

Takte, dann Buchstaben, die Namen von ihnen beiden, wenigstens auf dem Papier beieinander, das A und das B, das H und das F. Zuerst der Abstand zwischen ihnen; zaghaft diese ersten Schritte in Prag, scheu die Blicke. Langsam waren sie einander nähergerückt, bis sie sich berührten, sich verloren, das eine im andern, umschlungen, verschlungen: wir.

Sein Zittern wurde jetzt heftiger, sein Atem ging schwer, ein Husten schüttelte ihn.

Und wo ist sie, dachte er, was macht sie? Hanna. Moppinka. War sie allein in ihrem riesigen Haus? Einsam in den großen Räumen? Blickte sie von der Terrasse hinunter auf die Straße, in der dieser wunderliche Musiker verschwunden war? Oder war sie mit den Kindern draußen im Garten oder unten im Stromovka-Park? Dachte sie nach über ihn, Alban, diesen Mann, der gegangen war? Wollte sie ihn wiedersehen? Oder würde sie ihm wenigstens schreiben? Briefe? Nichts weiter.

Nur Briefe? Weiter nichts?

Dann hörte er eine andere Melodie, Zemlinsky. Das Kopfmotiv seines Streichquartetts enthielt die Anfangsbuchstaben ihrer beider Namen, A und H. Ein Zufall? Er glaubte nicht an Zufälle. Ein Teufelskerl, Zemlinsky, als hätte er geahnt, was uns passiert, dir und mir, Geliebte: die Abendwolke, die du mir bist, am Himmel meiner Träume. Zemlinsky hat mit den Worten von Tagore alles schon gesagt: Ich gebe dir Farbe und Form mit den Wünschen meiner Liebe. Du bist mein Eigen, mein Eigen …

Wärst du es doch, Liebe. Oder warst du es schon an diesem Prager Maimorgen?

Er nahm ein Blatt, ergänzte die Wortreihe, das Allegretto an den Anfang, gioviale, fügte er hinzu, giocoso, freudig, verspielt, vergnügt ja, so war er in Prag angekommen, lebhaft, leicht. Sie hatte ihn empfangen, sie hatten sich in den Tag, in den Abend, wie sollte er es nennen, treiben oder hinübergleiten lassen. Am nächsten Tag die Leidenschaft, ein Adagio, das er jetzt appassionato nennt. Er nimmt den Vers des Dichters gleich zweimal auf: Mein Eigen, sie, für Augenblicke, die Wogen zwischen ihnen, das Auf und Ab, die Nähe und Distanz, steter Wechsel zwischen dem Accelerando der Zwölftonreihe und dem Ritardando der freien Tonfolge.

Das Andante amoroso, das übergeht ins Allegro misterioso: Hände, die sich unvermittelt ineinanderlegten. Und dann die aufgehaltene Zeit, das Ritardando: die Passion?

Darf er sagen Seligkeit, Duett zwischen Bratsche und Violine, sich jagend, sich steigernd bis zum dreifachen Forte, ein Gewoge, ein Beben: Liebesbeben.

Und nach dieser Seligkeit der Absturz: ins Presto hinein, das schon Delirium war, nur dem vorstellbar, der Schrecken und Qualen, Abschied und Trennung kannte. Die schnellen Glissandi der Violine, die Terzen des Cellos, das Dunkel: die Nacht ohne dich, Geliebte. Die Heimreise. Die Ankunft in Wien. Im Alltag.

Und später das Largo, nicht bloß dunkel und schmerzhaft, sondern trostlos. Der Sturz in die Tiefe, wo die Gegend wüst und leer war, Einöde. Tremolierend, schrieb er und übertrieb schon wieder, dachte an Tristan, den Liebestod.

Er schreckte hoch.

Diesmal kamen die Schritte näher, die Teetassen klapperten, das Klopfen war sanft, er fand Zeit, die Blätter wegzuschieben.

Ja, bitte, rief er und war jetzt ganz ruhig, die Töne klangen in ihm weiter.

Er nickte Helene zu, freundlich, schlürfte Tee. Er erklärte seine Entwürfe. Eine Suite, sagte er und hörte in seinem Kopf diese Musik, den zweiten Satz jetzt, das Andante amoroso: Hanna im Kreis ihrer Kinder, ein verspieltes Rondo, ein Thema für Hannas Kinder.

Er schaute Helene an.

Munzo ist schon sieben, und Dorothea dreieinhalb, der Bub macht sich sehr, sagte er, das Mädel wirkt eher schwächlich und zart, es hat die bleiche Haut und die hellen Augen seiner Mutter.

Er hörte Hannas Thema, zärtlich klang es, umschlang die Kinder, umschmeichelte den Gast, und schon schlich sich jener Satz des Dichters ein, der sie sein eigen nennen möchte. Immer.

Hanna lebt ganz für ihre Kinder, sagte er und hörte die Lockung der ersten Violine, die das Rauschmotiv anklingen läßt.

Sein Arm hob sich leicht, als führe er den Taktstock.

Schön, dich so vergnügt zu sehen, sagte Helene.

Er nickte.

Er war wieder da. Ruhig jetzt. Die Musik tönte in ihm fort, beschwingt, leicht. Und sie, die Geliebte, war in diese Musik eingesponnen.

Wenn nur sie, dachte er für sich, diese Musik hören würde, dann wäre sie nicht vergeblich geschrieben.

Später, wieder allein, setzte er die Töne. Er wollte hinein in das, was gewesen war, sich festklammern darin, sonst entschwindet es, als wäre es nur ein Traum, verdämmert, verliert sich.

Hatte er sie überhaupt geküßt? Oder war alles nur ein Fiebertraum?

Er stützte den Kopf mit den Händen. Er konnte jetzt hören, ganz deutlich.

Langsam glitt sein Stift übers Papier.

Diese Musik würde stark sein, ein Gedicht. Lyrische Suite wird er sie nennen, »unsere Suite«. Das Ich und das Du im Wir.

10

Die Enttäuschung über den schnellen Abschied ging über in Freude, die David Rudan durch die Tage trug. Immer wieder hatte er vor Augen, wie er mit Simone durch die verregnete Stadt geschritten war. Daß sie zusammen dieser Stimme gelauscht hatten: von Aprikosenbäumen, die es gibt.

Wie lange hast du dich nicht mehr richtig gefreut? fragte er sich.

Er schrieb eine Karte an Simone: Wie schön das Gehen gewesen war, mit ihr, die er gerne wiedersehen würde.

So bald wie möglich, schrieb er. Ich würde mich freuen.

Diesmal kam Simones Antwort rasch. David drehte den Brief nicht länger unschlüssig in den Händen, sondern riß den Umschlag unvermittelt auf.

Lieber David,

ich habe Deine Sätze gern gelesen. Schön zu hören, was Du empfunden hast an diesem Abend, in unserem Gespräch, in den gehörten Versen. Aber Dein Wunsch, daß die Gespräche weitergehen, wir uns wiedersehen, bald, wie Du schreibst, das läßt mich auch scheu werden. Im Gespräch bleiben, gerne, Briefe erhalten und schreiben, wunderbar. Mit Dir über Musik reden, soweit ich das kann.

Aber auch dies: keine falschen Hoffnungen, keine Sehnsüchte, die ich nicht erfüllen kann. So offen, wie Du mir erscheinst, bin ich nicht.

Bis bald

Simone

Einen Augenblick war David wie gelähmt, dann schüttelte ihn ein Frösteln. Er versuchte, sich zu wehren, er setzte sich, umklammerte die Stuhllehne, preßte die Füße gegen den Boden.

Er duckte sich, als erwarte er einen Schlag. Doch nichts geschah, nur das Frösteln war da, eine Gänsehaut, die er nicht abschütteln konnte. Er hüllte sich in eine Decke.

Plötzlich klingelte das Telefon, einen Augenblick hob er die Hand, machte Anstalten aufzustehen. Doch er fühlte sich schwer und blieb sitzen.

Als das Schrillen aufgehört hatte, ließ er den Kopf vornüberfallen.

Später begann er zu lesen. Er las Bergs Briefe wieder, er schrieb sie ab, änderte, ergänzte, lehnte sich an die fremde Sprache an. Manchmal notierte er Sätze an Simone, manchmal gleich auf eine Karte, die er mit der Adresse vervollständigte. Manchmal warf er die Karten ein, meistens nicht.

Auch wenn er wenig Hoffnung hatte, daß Simone ihm antworten würde, schien es ihm wichtig zu schreiben. Schon der Gedanke, daß da jemand wäre, der seine Sätze liest, war tröstlich.

11

David zwang sich zu ausgedehnten Spaziergängen. Seit er nicht mehr regelmäßig in die Redaktion ging, hatte er das Gefühl, außerhalb der Wirklichkeit zu leben: er las kaum noch Zeitungen, hörte selten Radio, einen Fernseher hatte er ohnehin nie besessen. Ich nehme mir ein Time-out, erklärte er Lüscher, Schonzeit. Er sagte nicht, daß er es satt habe, irgendwelche Themen zu suchen und sie in süffige Storys zu verpacken. Er sagte auch nicht, daß er Ines vermisse, oder, es falle ihm schwer zu schreiben, oder, er denke an diese Simone, oder, er sei oft allein, manchmal einsam.

Mitunter sah er sich schon als schrulligen Sonderling, über den die Leute den Kopf schüttelten, wenn er vorübergegangen war, einen, der geduckt und gemessenen Schrittes durch die Straßen der Kleinstadt zog und Selbstgespräche führte. Er wußte, diese Schonzeit würde irgendwann ein Ende haben müssen, für mehr als ein paar Monate reichten seine Ersparnisse nicht aus. Er hoffte, einen Weg zu finden, mit sich, mit seiner Arbeit, vielleicht gar mit Simone.

Du willst sie.

Sie soll zu dir gehören.

Er staunte, wie sehr er in den letzten Jahren in den Tag hineingelebt hatte, darauf bedacht, daß Ines zufrieden sein möge. Und irgendwann mußte er sich selber abhanden gekommen sein. Dann hatte ihn die Krankheit eingeholt.

Und jetzt?

Er machte lange Wanderungen, auch wenn es regnete. Oft stand er draußen in der Landschaft, verschwitzt und schwer atmend, nahm das Grün der Wiesen auf, folgte einer Schattenspur, lachte über eine seltsame Wolkenbildung, lauschte dem Sirren der Hochspannungsleitungen. In kleinen Skizzen hielt er die Bilder fest. Er schrieb Sätze über Bäume auf, vielleicht würde er eines Tages seinen Essay doch noch schreiben: Die Bäume als Gefährten des Menschen. Im Haus ging er seiner Arbeit nach, las und notierte. Er hörte Musik, fast alles von Berg, einzelne Stücke von Schönberg, von Webern, von Zemlinsky. Manchmal hatte er aber auch das Gefühl, aus allem ausgeklinkt zu sein, haltlos, davonzuschweben, zu fliegen.

Hin und wieder traf ein Brief von Simone ein, manchmal waren es nur ein paar Sätze, manchmal ganze Seiten.

Lieber David,

die Aprikosenbäume gibt es ... ich höre noch immer die Stimme der Lyrikerin. ... *die Grenzen gibt es, die Straßen, das Vergessen ...*

Den Fluß entlang bin ich ins Studio gelaufen, um Lieder zu proben, ein Rahmenprogramm für eine Parteiversammlung. Schubert und Schumann. Auch solche Aufträge gehören zu meinem Beruf. Ein warmer Aprilsonntag, spazierende Menschen, viele Frauen mit Hunden, Paare, Einzelgänger. Auf dem Wasser zerfließende Bilder und Farben, der Geruch von Tang. Im alten Bad sind die Pritschen noch hochgeklappt, auf den Steinen hocken dicke Ratten, ein Scheppern tönt aus dem Gestänge der Wendeltreppe.

Warum es nicht noch einmal versuchen, fragst Du, zu gehen nebeneinander, als zwei, die sich mögen, ich und Du?

Wie das zu schaffen wäre, wieder einem Menschen zu vertrauen, sich ihm anzuvertrauen? Wieder sich in Arme fallen zu lassen, sich einzulassen? Zu trauen?

Überhaupt dieser Gedanke: wieder die Nacht, das Erwachen, den Tag zu teilen.

Ich kann manchmal nicht einmal in den Alltag hineingehen. Kennst Du das nicht? Das Frühstück geschieht noch mit Schußligkeit, auf dem Weg zur Tramstation ist schon das Zittern da, der Atem stockt.

Es noch einmal versuchen?

Stammt Alban Berg mit seinen Liebesträumen nicht aus einer anderen Zeit? Meint er wirklich ein Du oder nur sich selber?

Aber ich wollte ja vom Sonntag schreiben, vom Verkehr, der am Fluß vorüberbraust, von der sonderbaren Silhouette des Berges, von den häßlichen Dächern der Vororte. Aber auch vom Licht, das hell auf die weißen Fassaden fällt und den Schatten eines Baumes abbildet, ihn hinzaubert als zittriges Ornament.

Briefe schreiben ja, Gespräche vielleicht ab und zu, aber ohne all das, was die Männer an Frauen bindet und sie zu Paaren schnürt.

War Berg nicht vielleicht auch froh, daß die verehrte Hanna seine Bitten nicht erhört und nicht mit Sack und Pack und Kind und Kegel in Wien an seine Tür geklopft hat?

Simone

Rudan las und ließ sich nicht beirren. Er wußte, was er wollte. Er staunte selber, daß er gelassen blieb, als könnte ihn nichts erschüttern. Meist antwortete er nicht sofort, ließ Zeit verstreichen.

Warten, dachte er, einfach warten.

Er wußte, eigentlich müßte er längst aufgeben, diese Frau und ihre Geschichte lassen, diese Sängerin, die manchmal so nah schien und dann wieder weit weg. Unerreichbar.

Die Liebe gibt es, so selbstvergessen deine Hand in meine geschmiegt.

Er zitierte trotzig. Er hatte sich diesen Vers herausgeschrieben, in Momenten des Zweifels sprach er ihn vor sich hin.

Er hoffte.

Auch wenn da manchmal Angst war und ihn ein Frösteln überkam.

An diesem Glauben hältst du fest, du Narr, selbst, wenn du wieder auf die Schnauze fällst.

Briefe schreiben, sich nicht sehen. Aber das würde ihm nicht genügen. Das würde er Simone sagen, nein, schreiben.

Er würde weiterschreiben.

Lieber David,

ich glaube, ich sollte mir buntes Briefpapier kaufen. Eigentlich schön, etwas so Unzeitgemäßes zu tun wie Briefe schreiben, langsam sein mit den Sätzen, den andern meinen, unaufdringlich, in zärtlicher Distanz; und es ist auch ein Vergnügen, wieder einmal mit kratzender Feder zu schreiben.

Ob Du mich verstanden hast, als ich gesagt habe, wir

bräuchten viel Zeit? Du solltest dich nicht beklagen über ein »zu wenig« und daß wir »nur« schreiben.

Ist es nicht so, daß auch Worte, oder gerade Worte, die man schreibt, ein Gefühl von Nähe, auch körperlicher Nähe vermitteln? Mir scheint diese Nähe manchmal intensiver als die der körperlichen Realität, die so fremd sein kann, irritierend. Oder soll ich sagen ernüchternd? Worte können öffnen, Wörter sind wie Türen, aus der Stille, in die Stille. Sie schaffen Weite, in der wir uns bewegen können, schaffen Raum. Berg muß das gespürt haben.

Und zu fragen wäre: Erweckt die nur vorgestellte, ferne Geliebte nicht vielleicht das stärkere Begehren als die immer anwesende Frau, die Tee serviert und Kekse bäckt? Ist der Abwesende der Begehrte, gerade weil er uns die Erfüllung versagt und dadurch ständig neue Vorstellungen weckt?

In meinem Leben gab es einen Mann, der mußte nur rufen und ich kam gelaufen, bin hingeeilt, wenn er mich zu kommen bat, hab mich fortschicken lassen, wenn er genug von mir hatte. Und ich hab mich nach ihm gesehnt. Ich wollte ihn, da war eine Anziehung, die nicht zu erklären war.

Noch heute beginne ich zu zittern, wenn ich seinen Namen höre, seine Stimme am Telefon vernehme, seine Schrift auf einem Kuvert sehe. Noch immer ist er da, wie ein Schatten, obwohl er längst mit jemand anderem lebt und mich wohl auch nicht vermißt.

Man kennt solche Geschichten, ich weiß. Aber das Wissen hilft nicht weiter. Und es bleibt Angst, wieder abhängig zu werden.

Shirley Horn singt gerade: *... and where are you?*

Wie können wir lernen, wieder ohne Krücken zu gehen? Einfach dazusein im Tag? Uns freuen an dem, was ist?

Simone

Briefe hatten David schon immer in eine ängstliche Erwartung versetzt. Immer war da zuerst das Bangen, die Furcht vor bösen Überraschungen. Mit sechzehn hatte er den ersten Abschiedsbrief von einem Mädchen bekommen. Sie teilte ihm mit, wie wenig er ihren Erwartungen entspreche. »Ich habe mich getäuscht in Dir.«

Vielleicht ließ er deshalb Simones Briefe manchmal ungeöffnet liegen. Und wenn er sie einmal gelesen hatte, versuchte er sich an die Sätze zu halten, die ihn gefreut hatten, und die andern zu vergessen. Aber diesmal gelang ihm das nicht. Was wollte Simone ihm sagen?

David grübelte. Er antwortete nicht.

Als schon Tage später wieder ein Brief eintraf, ließ er ihn liegen, als müßte er erst mal Atem holen. In einem selbstvergessenen Augenblick las er ihn dann doch.

Lieber David,

ich will Dich nicht auch noch bedrückt machen mit dieser Geschichte. Aber ich mußte sie Dir erzählen, Du sollst mich sehen, wie ich bin. Ich kann Dir nicht einmal sagen, wie es angefangen hat. Ich habe ihn eines Tages gesehen und bin ihm sofort gefolgt. Noch am gleichen Abend ist er in einem Park, nahe der Straße, über mich hergefallen, kurz, rasch und schmerzhaft, wie man eben eine nimmt, die sich gibt. Er hat mich genommen, und ich wollte, daß er mich nimmt, heftig, rücksichtslos.

Als ich später nach Hause kam, ich war ja noch verheiratet, gut bürgerlich, wie man sagt, habe ich gekotzt, immer wieder gekotzt, mich unter die Dusche gestellt.

Ich schwor mir, ihn nie wiederzusehen.

Nach einigen Tagen habe ich ihn aufgesucht, in seinem Büro. Er hat nur gelächelt, die Tür geschlossen und mich auf den Schreibtisch gedrückt. Und ich wollte es, diesen Schmerz, die Kränkung. Man kann die Kränkung suchen.

Kann man das erklären, sich selber oder jemand anderem?

Den eigenen Kindern? Die wohl plötzlich gemerkt haben, wie ihnen die Mutter entgleitet, nicht da ist, auch wenn sie vor ihnen steht wie eine Schlafwandelnde. Für kurze Augenblicke gab der Alltag mit den Kindern Halt, lenkte ab.

Aber das Andere war immer da: diese Lockung.

Briefe, Anrufe, kurze, heftige Begegnungen, von denen ich völlig verstört zurückkehrte. Und auch dann immer weniger wirklich bei den Kindern war, und schon gar nicht bei mir selbst.

Kannst Du Dir das vorstellen: mit einemmal in all dem, was man jeden Tag tut, nicht mehr aufgehoben zu sein, sich fremd zu fühlen, auch den eigenen Kindern gegenüber. Nur weil da etwas ist, das einen hinauszerrt. Man ist zu Hause in den eigenen Räumen, im Alltag, Patrick muß zur Schule, Lucy will spielen, in der Küche türmt sich das Geschirr vom Vorabend, draußen ein Frühlingstag, beklemmend normal und mit einemmal fremd.

Nur eine Begegnung. Aber alles geht weiter.

Bloß wie?

Nach vier Monaten bin ich ausgezogen. Die Auseinandersetzungen waren den Kindern nicht mehr zuzumuten. Was dann begann, war nicht eine neugewonnene Unabhängigkeit.

Warten, ob er kommt. Hoffen, daß er bleibt. Unruhig sein. Und immer schuldig. Das schlechte Gewissen der Familie gegenüber, Bekannten und Freunden, die nicht verstanden.

Es dauerte fast zwei Jahre.

Ich will nicht weiter davon reden, mich nicht in Einzelheiten verlieren, sie würden mich nur quälen, und Dich vielleicht auch. Jeder trägt mit sich Geschichten, in denen er nicht gut ausgesehen hat. Manche sollen vergangen bleiben, aber diese mußte ich erzählen, weil sie noch da ist.

Vielleicht hängt das auch mit meiner Tochter zusammen, mit Lucys Tod.

Aber ich wollte Dir ja von meinem neuen Liederzyklus erzählen, das könnte Dich interessieren: die sieben frühen Lieder von Berg, die Altenberg-Vertonungen und später vielleicht noch etwas von Schönberg. Mit dem frühen Berg habe ich zu üben angefangen.

Simone

David staunte selber, daß ihn diese Geschichte nicht weiter erschreckte. Jeder hat seine Geschichten, sagte er sich trotzig. Und seine Geschichten? In welchen hatte er gut ausgesehen?

Er lächelte einen Augenblick.

Hatte er einfach vergessen?

Würde Simone vergessen können? Den Weg finden zu sich, zu ihm? Es nochmals versuchen? Sich einlassen auf jemand? Manchmal hatte er den Eindruck, keiner wollte es mehr versuchen. Fast jeder, den er kannte, war nur noch für sich: immer auf Rückzug. Alle schienen Einzelne geworden. Und Simone?

Er würde warten in der Ungewißheit. Vergebliches Warten? Er verscheuchte die Bangigkeit. Vielleicht ließe sich auch im Warten halten, innehalten.

Er würde weiterwarten. Warten wie ein Rind. Als wäre darin schon Ankunft. Im Warten, vielleicht im Warten, selbst wenn es vergeblich sein würde –

Erst schüttelte er heftig den Kopf, dann nickte er.

Ich denke an Dich, schrieb er auf eine Karte, und das bedeutet, Dich vergessen und aus diesem Vergessen wieder und wieder erwachen.

Den nächsten Brief las er mit Gelassenheit.

Lieber David,

bist Du nun ernüchtert, weil das schöne Bild, das Du hattest, nicht mehr stimmt?

Ich ging hin, traf ihn, wir fielen übereinander her, schnell, gierig, heftig; manchmal war's ein Schuppen, ein Hinterhof, ein Park. Begierde? Anziehung? Magie einer Person oder eines Körpers? Oder bloß diese seltsame Lust, an Grenzen zu gehen, an den Abgrund heran oder gar in ihn hinein?

Ich hatte auch von Freundinnen solche Geschichten gehört, viele Frauen erleben offenbar solche Geschichten, aber ich hätte nie geglaubt, einmal selber so in eine verwickelt zu werden.

Vergeblich die guten Ratschläge von Freunden und Bekannten, die Ermahnungen, die Verwünschungen. Nicht mal die Kinder waren ein Damm dagegen, nicht mal sie. Nichts. Einfach nichts.

Es sind nicht die demütigenden Bilder, die bleiben, nicht der Eindruck der eigenen Schwäche: zu so was bist du fähig. Es ist die Erschütterung, die bleibt, das Gefühl, nicht mehr bei sich zu sein, die eigene Mitte verloren zu haben. Und es bleibt auch das Gefühl, niemandem mehr zumutbar zu sein. Den eigenen Kindern nicht. Den Geschwistern. Den Freunden, die noch geblieben sind.

Es klingt vielleicht sonderbar, und es mag sich wie eine Entschuldigung anhören, daß nicht nur diese Körperlichkeit wichtig war, dieses ständige Lodern, Flackern; es gab auch Momente von – die Worte sind hier gefährlich vorbelastet – großer Innigkeit; die Grenzen des Ich schienen sich aufzulösen; gefährlich und faszinierend.

Vielleicht verstehst Du jetzt, daß mich Bergs Liebesgeflüster auch wütend macht. Wie einer sich in Pose setzt, heraus aus dem sicheren Hafen der Ehe, in dem die Ehefrau das Bild wahrt und den Tee bringt, damit er seinen Liebesschmerz komponieren kann?

Jetzt bin ich ungerecht, ich weiß.

Ich bin auch ungerecht der Musik gegenüber. Denn wäre sie nicht gewesen, ich weiß nicht, wie ich all dem standgehalten hätte. Meine alte Gesanglehrerin hat mich wieder für Stunden angenommen, ein Ort der Zuflucht. Durch das Singen habe ich Distanz gefunden zu dem, was mich plagte. Und das ist wohl von Bergs Verhalten nicht so weit entfernt.

Ich lese Deine Karten gern.
Vielleicht sollten wir wieder einmal spazieren gehen, der Frühling scheint unvermeidbar.

Und Du? Was machst Du?

Simone

12

David ging selten direkt auf das ein, was Simone in ihren Briefen schrieb, aber er gab Antwort, manchmal mit einer Karte, manchmal per SMS.

Deine Vergangenheiten schrecken mich nicht. D.

Wenn er in der Nacht erwachte, die alten Ängste ihn wieder plagten und er schon glaubte, der Schmerz sei zurückgekehrt, breite sich wieder aus, stand er auf und ging hinaus. Er ging durch die Nacht, bis das Zittern sich verlor und er zurückfand ins Arbeiten.

Er sammelte Material über die letzten zehn Jahre des Komponisten. Ich will diesem Leben nachgehen, schrieb er Simone.

Manchmal schickte sie ihm einen Aufsatz aus einer Musikzeitschrift, der seinem Thema diente. Je mehr er schrieb, desto öfter erlebte er Augenblicke, in denen er das Gefühl hatte, mit seiner Arbeit wieder übereinzustimmen.

Einmal kam Ines vorbei, setzte sich auf jenen Platz am Tisch, den sie immer eingenommen hatte. Sie sei erleichtert, sagte sie, daß sie beide keinen Alltag mehr zusammen verbringen müßten. Aber sie würde gern wieder einmal mit ihm reisen, in den Süden, die Provence oder gar Spanien, Toledo vielleicht, Sevilla oder Soria. Mit dir zu reisen war immer schön, auf einer Reise bist du ein normaler Mensch, aber im Alltag ein Monster, das alles um sich auffrißt.

Er nickte.

Als Ines gegangen war, fragte er sich, was für ein

Mensch er damals gewesen war, in der Zeit mit Ines. Und würde er mit Simone ein anderer Mensch sein? Du machst aus mir einen andern Menschen, hatte Alban Berg an Hanna geschrieben. Aber das hatte er zuvor auch schon an Helene geschrieben.

Du willst Simone, sagte sich David, das weißt du. Aber du weißt nicht, ob sie sich finden läßt.

Rückzug, dachte er, Flucht?

Du gibst jetzt nicht auf. Er stampfte trotzig mit dem Fuß auf den Boden.

Findezeit, wir brauchen Zeit; aber die Liebe gibt es. D.

Er fand Wege hinauf in die Jurahöhen, war stundenlang unterwegs, mal bei Wind und Regen, dann wieder in der schon wärmer werdenden Sonne.

Manchmal zwang er sich, eine Zeitung zu lesen, legte sie aber bald wieder aus der Hand. Dafür ist die Zeit noch nicht reif, sagte er sich, für eine Weile kommt die Wirklichkeit auch ohne dich aus. Und du ohne die Wirklichkeit.

Simones Vorschlag, sich wiederzutreffen, überraschte ihn, aber er fragte nicht nach.

Treffen wir uns am See. D.

Sie war da, mit Hut und Regenschirm, und fand zu einem Lachen.

Ich dachte schon, du kommst nicht.

Sie streckte ihm die Hand entgegen.

Artig, dachte er, sie grüßt dich artig.

Was amüsiert dich?

Lebensfreude, pure Lebensfreude, die schwarzen Wolken über dem See, die Sturmböen, der Regen und eine Frau, die eine Schirmmütze trägt und artig grüßt.

Du spottest?

Ich sehe eine Frau, die nah ist in den Briefen und fern in der Gegenwart, abgewandt und abgeschottet, ich sehe eigentlich zwei Frauen.

David streckte zwei Finger in die Höhe.

Auch Simone hielt zwei Finger dicht vor seine Brust.

Das sind auch zwei Räume.

Der Regen ließ nicht nach. Sie gingen langsam, im Abstand ihrer Schirme, deren Ränder sich manchmal berührten, ein schabendes Geräusch, das sie aufschauen, einander in die Augen blicken ließ. Dann wieder Schritte, manchmal eine Pfütze, ein Windstoß, der ihre Schirme aufblähte.

Sie zögerte jetzt, sagte dann, fast müde:

Ich bin schwierig geworden.

Davids Antwort kam schnell.

Ich bin schon immer schwierig gewesen.

Das Seerestaurant war geöffnet, Regen prasselte gegen die Scheiben. David suchte nach Worten, verhaspelte sich und bestellte Kaffee.

Simone fröstelte. Ein Polizeiboot raste übers Wasser, ein alter Mann trat zur Musicbox. David fürchtete schon Ländlermusik, einen Schottischen oder einen Voralpenmarsch. Doch Janis Joplin war eine Überraschung: *Get It While You Can*. Doch er nahm das Stichwort nicht auf und trank seinen Kaffee.

Und dann war ihre Hand da, lag nahe neben seiner. Erst die Berührung, sachte, mit zwei Fingerkuppen an seinem Handrücken. Dann umschloß ihre Hand seine Rechte, ließ die Finger sich verschränken, sehr langsam, sehr entschieden.

Sagte sie später etwas von kleinen Schritten? Von Erfahrungen, die sie vielleicht machen könnten?

Sie bummelten durch den Regen. Sie kaufte Pizza und Wein. Als sie ihre Wohnung erreichten, trieften sie beide. Sie legte ihm trockene Kleider ins Bad.

Plötzlich saßen sie nicht mehr am Tisch, sondern standen im Raum, ohne Licht. War sie zuerst aufgestanden und an ihn herangetreten, hatte ihre Hand auf seine Schulter gelegt? Oder hatte sie einfach seinen Nacken berührt und er hatte sich umgedreht? Er sah über ihre Schulter hinweg den Lichtschein der Straßenampel. Erleuchtete Fenster gegenüber, eine Frau am Spültisch.

Dort hinten wäre das Schlafzimmer. Er nahm ihre Hand, drängte sie leicht. Sie wehrte ab. Drehte sie beide in die andere Richtung, zur Couch. Sie setzte sich, legte sich hin.

Komm.

Knöpfe, die Bluse, der Rock, der Reißverschluß. Haut. Ihre Hände.

Ein Innehalten, mit einemmal. Sie brach aus der Umarmung aus, tastete nach ihren Kleidern.

Tut mir leid. Ich bin nicht –

Er legte ihr den Finger auf den Mund.

Sie setzte sich neben ihn. Draußen das Kreischen der Vögel.

Möwen, sagte sie, die in der Dämmerung vom Fluß heraufkommen, jeden Abend sind sie da.

Warum nicht Kraniche, fragte er.

Als das Taxi ihn zum Bahnhof brachte, war er noch ganz verwirrt, ungläubig staunend.

Langsam schritt er durch die große Bahnhofshalle. Sie und er in diesem Zimmer.

Die Hände. Und die Lippen. Die Körper nebeneinander und nicht aneinander oder ineinander; hautnah fern.

Ein großer Hund kam ihm entgegen und beschnupperte ihn.

Keine Spuren, sagte er, nichts passiert.

Der Hund trottete weiter, schreckte zwei Penner auf. Auf einem Geländer mitten in der Halle entdeckte David einen Schauspieler, den er aus mehreren Filmen kannte. Einmal war er in einem Film auf einem Kamel zu den Pyramiden geritten. Jetzt hielt er einen Strauß weißer Rosen wie ein kleines Kind im Arm.

David grüßte und fragte nach dem Kamel.

Ich bin jetzt selber eines, sagte der Schauspieler, ich warte vergeblich auf eine Frau, um sie mit Rosen zu empfangen, seit Stunden schon, aber sie kommt nicht.

Ich bin auch eines, antwortete David, ich komme von einer Frau, die mich eigentlich nicht wollte.

Keine Empfängnis heute, sagte der Schauspieler und reichte David eine Rose aus dem Strauß.

Sie lachten.

Noch im Zug sandte David eine SMS an Simone.

Nicht alle Kamele erreichen die Pyramiden. D.

Zorro reitet wieder. S.

13

Er ging durch den Sommer wie durch ein einziges Flimmern, die stehende Hitze, ohne Horizont.

Ein paar Tage am See, die vertrauten Straßen, später das Haus im Grünen, Helenes Haus. Sie liebte die Steiermark, Trahütten war ihr lieber als Wien.

Die Orte wechselten, ihm blieb alles gleich in diesem Sommer. Die Unruhe. Das Bangen, die Verzweiflung.

Er ging ins Arbeitszimmer, setzte sich ans Klavier, schlug ein paar Takte an, einen Satz aus der Suite, war bei ihr, in der Freude des Anfangs, im Geheimnis des Näherkommens, in den Takten des Trio estatico, in dem sie sich beide wiegten, ganz und aufgelöst. Zusammen im gleichen Rhythmus, im gleichen Ton, in einem Klang aufgehoben: was, wenn nicht das, wäre Glück zu nennen?

Er stand auf, die Atembeschwerden waren wieder da, diese Schwere, die ihn husten ließ.

Er trat an den Schreibtisch, da lagen die Notizen, die Suite, die Skizzen zu Storm, die Arbeit. In der Arbeit fand er Halt, für eine Weile wenigstens, in dieser Arbeit war er bei ihr, ihr nah.

Und da hing auch das Telefon, falls ein Anruf käme, die Stimme, deren Klang ihm wichtig wäre. Manchmal verharrte er lange vor dem schwarzen Apparat, flehte darum, er möge klingeln. Er prüfte nach, ob der Hörer richtig eingeklinkt, die Leitung also nicht blockiert sei. Sie kannte seine Nummer. Leicht zu merken, hatte sie gesagt und hatte sie mit ihrer weichen Stimme wiederholt, beinahe singend, und sie hatte ihn angesehen.

Der Anruf kam nicht. Es würde keiner kommen.

Er wußte das eigentlich. Aber er hoffte.

Warum sollte er nicht hoffen?

Er schrieb Briefe. Schickte sie selten ab. Niemand war da, der sie überbringen könnte.

Auch Wiesengrund nicht. Er war mit seiner sachlich nüchternen Art der beste Postillon d'amour, den man sich denken konnte, völlig unverdächtig. Auf ihn war Verlaß. Auf Alma schon weniger. Mit der Post ging das nicht, nur kein Mißtrauen erwecken. Er mochte ihren Mann; Herbert ist zuverlässig und großzügig, hatte sie betont. Eine Karte vom See hatte er geschickt, an sie beide, Hanna und Herbert, und doch meinte jedes Wort nur sie allein. Die Anspielung auf die Bilder im Mai mußte sie verstanden haben, und die Karte sollte ihr auch sagen, wo er war, wo er zu erreichen wäre in diesem Sommer.

Das Telefon klingelte nicht.

Er trat in den Garten hinaus, blickte ins Grün, in die Sonne, dies Grelle, Ungezähmte, das bis unter die Lider schmerzte.

Schlimmer als die Tage waren die Nächte. Das Ohne-Schlaf-Sein. Den Bildern ausgeliefert, den Phantasien. Sie in der anderen Stadt, anderen Händen nah. Und ihm blieb nichts, als zu bangen und zu hoffen.

Dieser Stachel, und der Wunsch nach Ruhe. Das Lied vom Augenschließen, das aufklang wie ein großer Wunsch. Neue Töne dafür finden, die Zwölftonreihe, die symmetrische Reihe von Klein, den Mutterakkord im Zentrum. Was könnte besser zu Hanna passen als der Mutterakkord.

In der Arbeit ein wenig Ruhe finden. Nur in der Arbeit bist du aufgehoben.

Und die Arbeit trug hinüber zu ihr. Wo war sie? Wo waren ihre Zeichen? Sehnte sie sich nicht? Warum dieses Fernsein, warum das sachlich Distanzierte ihrer Sätze? Sie hatte doch auch, an jenem Maitag –

Manchmal blieben die Fragen auf seinen Lippen wie kleine Blasen und wollten nicht zerplatzen.

Verlangte er zuviel?

Erschrak er zu rasch?

Über die fehlenden Zeichen, über das Kühle manchmal, das Spröde, mitten in einem Satz, das Abgewandte? Ihr Unansprechbarsein. Und er dachte schon, sie möge ihn nicht mehr. Habe ihn nie gemocht. Alles nur eingebildet, herbeiphantasiert?

Und dann war er ratlos. Verängstigt. Dieses Wort gefiel ihm. Du bist verängstigt, sagte er sich. Stürzte. In die Tiefe des Presto. Ins Largo gar. Auch der Sommer dunkel, einsam, und er auch, an Helenes Seite, sogar in jenen Tagen am See, auf den Spaziergängen das Ufer entlang, das Wasser still, fast unbewegt, Helene sprach, war da, und seine Gedanken flogen nach Prag-Bubeneč, zu diesen Augen, in denen er immer lesen mußte.

Es war Sommer, und er stand auf in der Nacht, trat zum Klavier, schlug an, summte, da war die andere Melodie, Storm, aber nicht »Schließe mir die Augen zu«, nein, die dunklen Verse: »Vom Beginn des Endes.« Er hörte sie seit seiner Rückreise aus Prag, seit er weggefahren war von ihr.

Er näherte sich dem Telefon, hob die Hand zu dem dunklen Kasten, tippte die Glocke an. Nichts.

Und schon fiel das Atmen schwer. Er keuchte. Es war seine Krankheit, von Kind auf, immer da. Manchmal kritzelte er auf Papier: Zeichen, die er gelesen hatte bei ihr und solche, die er hätte lesen wollen.

Nichts in diesem Sommer, der in quälender Hitze funkelte.

Er wußte nicht, wozu das alles noch, dieser Sommer, dieses Papier. Er hörte die dunkle Melodie, die anderen Stormverse, diese Zeilen, die davon sprachen, wie einem die Welt fremd wurde, das Hoffen ihn verließ, und wie das nagte an ihm.

Bis du es endlich, endlich weißt,
daß dich des Todes Pfeil getroffen.

Er irrte durchs Haus in diesem Sommer, unentwegt, fand keine Ruhe am Tag, keinen Schlaf in der Nacht.

Immer hatte er diese Hände vor sich, nach denen er sich sehnte, das Haar, das in Wellen fiel.

Manchmal waren auch in diesem Sommer die Morgen schön, er wanderte durch die Kühle des noch frischen Tages, alles war still; das Licht, noch unverbraucht, stach in scharfen Konturen die Mauern aus dem Blau, ließ eine Fassade aufleuchten, ein mehlig gelbes Ocker über den Bruchsteinen.

Er fühlte sich getröstet, schrieb, hielt fest, fand zu hellen Tönen, hörte das Duett zwischen Bratsche und Violine, im vierten Satz, ein Liebesdialog.

Er hielt einen Augenblick still, wollte noch einmal ganz in den Klängen sein.

Dann war die Unruhe wieder da, der Stachel. Er saß am Tisch und schrieb, über Stunden hin, die Gelenke schmerzten. Er schrieb, um diesen Faden zu halten zu ihr, diese Gegenwart, die aus den Tönen entstand, sie beide, wenigstens in der Musik vereint, die er festhielt.

Der Sommer schritt voran. Der Schmerz wurde größer. Er ging unruhig, oft fiel das Atmen wieder schwer.

Das Telefon blieb stumm.

Er hielt fest, Worte und Töne, und er glitt in die Nacht, in die Qualen der Trennung, ins Dahindämmern, das Tenebroso, so will er den zweiten und den vierten Teil des Presto bezeichnen: Tenebroso, finster, unheimlich. Unruhig war diese Musik, elegisch, wild, ein Delirium aus Angst und Leere, ein Taumeln und Purzeln, Glissandi, abwärts gerichtet. Delirando nennt er es, Erregung, Wahn, Bewußtseinstrübung, so war ihm dieser Sommer, Presto delirando, minutenlanges Beben, vierhundertsechzig Takte lang, vom Tag in die Nacht, dann wieder der Tag, wieder die Dämmerung, die Nacht. Ohne Stillstand, dieses Delirium, schrieb er, eine Melodie, welche die Geste des Abschieds wiederholen möchte, die einkehrte ins Verstummen, die ans Vergehen, Entschwinden erinnerte. Selbst wenn es gelänge, den Augenblick zu dehnen, wäre das Verschwinden nicht zum Verschwinden zu bringen.

Die Töne, die ihre Namen trugen, strebten auseinander, wurden losgerissen, gewaltsam; getrennt, was in- und aneinanderlag, sie und er, einander fern.

So taumelte er durch diesen Sommer. Konnte nicht begreifen. Wollte nicht. Fiel und würde noch weiter fallen, ins Largo, wo der Schrei nur noch aus der Tiefe kam: desolato, tiefste Mitternacht, schrieb er in sein

Heft, eine klagende Geige. Kein Sommer mehr, nur noch Kälte, Grauen.

Du, Geliebte, höre mich. Gib doch Antwort.

14

Gleich nach seiner Ankunft in Villach suchte er das Hotel, dessen Adresse sie ihm angegeben hatte. Es mußte mitten in der Stadt liegen, nahe der Kirche St. Jakob.

Er fragte sich, wie das Wiedersehen sein würde. In zwei Monaten konnte sich viel verändert haben. Sie hatte manchmal Karten geschrieben von ihrer Reisetournee mit Liederabenden. Ein buntgemischtes Programm, das nicht überall gut ankomme.

Sie sang mit zwei Frauen an sommerlichen Kulturveranstaltungen, Haringer-Vertonungen, auch die von Schönberg, eine Auswahl aus den Altenberg-Liedern und den sieben frühen Liedern von Berg; manchmal nehme sie auch eine der Stormvertonungen dazu: Schließe mir die Augen. Gerade hier zeigten sich, wie oft bei Berg, die autobiographischen Bezüge. Die erste Version habe er seiner Ehefrau Helene gewidmet, mit der Versicherung, das Gedicht Storms enthalte für ihn den Inbegriff der Zärtlichkeit und Geborgenheit, die er bei ihr finde. Fast zwanzig Jahre später habe er der Geliebten, Hanna, das gleiche Gedicht in einer neuen Vertonung zugeeignet.

So etwas macht nur ein Mann, schrieb Simone.

Je nach Publikum füge sie aus einer früheren Auswahl auch eines der Madrigale für Krieger und Liebende von Monteverdi ins Programm ein, etwa das Lamento der Nymphe.

Das paßt zu Berg. Unser Programm hängt vom Ort und vom Publikum ab, aber auch von unseren Launen. Das können wir uns leisten, wir treten ja nicht in der Scala und der Met auf.

Simone

Sie sangen in kleinen Städten und Kurorten.

Sommerabendprogramme in der Provinz. Das gefällt mir. S.

David konnte auf Grund der Postkarten ihren Wegen folgen von Bayern bis hinauf nach Mecklenburg-Vorpommern. Er hatte die Karten in einer Reihe aufgehängt: sie traten in Plauen, Zwickau, Cottbus und Luckenwalde auf.

Du müßtest diesen Himmel sehen, schrieb sie, nirgends ist der Himmel so riesig wie über der Brandenburgischen Ebene, und darunter die Windräder, die Alleen, das Gelb der Weizenfelder, die Weite, diese unermeßliche Weite, mit den hellen Flecken der Dörfer.

Sie sangen beim Zernikower Maulbeerfest und bei den Uckermärkischen Musikfestwochen in Templin. Begeistert schilderte sie die Akustik in den Ruinen des Klosters Chorin. Sie schrieb von einer Schiffahrt auf dem Müritzsee, vom gleißenden Licht zwischen den Kiefernstämmen, von der Stille der Landschaft, die über den Menschen lastete.

In Gägelow beteiligten sie sich an einem Festival zu Ehren des wiederentdeckten mecklenburgischen Komponisten Albrecht Casimir Bölkow. Ich lese in seinen Tagebüchern, schrieb sie, die Moderne der Musik beginnt bei ihm und nicht bei Wagner.

Sie schilderte den Besuch im Dom von Güstrow und war gerührt vom warmen Applaus auf Schloß Torgelow. Sie erzählte auch von einer Irrfahrt im Auto durch die Märkische Schweiz, wo sie durch die vielen Umleitungen wegen Straßenarbeiten schließlich völlig die Orientierung verloren hatten und in einem Kaff ohne Hotel und ohne Pension gelandet waren.

Sie schrieb wenig über sich selbst, und kaum etwas, was sie beide betraf. Aber es war ihr Vorschlag gewesen, sich zu treffen, wenn sie in Österreich singe. Warum nicht in Spittal, Klagenfurt oder Villach? Da kannst du den Spuren von Berg gleich vor Ort nachgehen, schrieb sie, nannte das Haus am Wörther See und den Berghof am Ossiacher See.

Warum hätte er nicht fahren sollen?

Davids Kleider klebten am Körper. Er hatte nicht ahnen können, daß dieser Augusttag einer der heißesten des Sommers sein würde. Er war früh losgefahren, die Fahrt durchs Drautal hatte ihn an eine Reise mit Ines erinnert, einen Ausflug an den Simlacher Wasserfall und zu den Bädern von Obergottesfeld, die gegen Gicht, Rheuma und Blutarmut wirkten. Auf der Bundesstraße hatte wenig Verkehr geherrscht, er war gut vorwärts gekommen und hatte schon gefürchtet, viel zu früh da zu sein. Doch kurz vorm Zentrum hatte er plötzlich im Stau gesteckt. Die Sonne hatte auf das Blech gebrannt, er hatte den Luftkurort und sämtliche Heilbäder verwünscht.

Als er endlich die Kirchtürme vor Augen hatte, verlor er sich im Gewirr der Einbahnstraßen. In einem Anfall von Verzweiflung stoppte er eine Polizeistreife und bat, triefend vor Schweiß, um Hilfe. Er finde einfach die richtige Straße nicht. Er verschwieg auch nicht, daß er verabredet sei und die auf ihn wartende Frau nicht verpassen wollte. Die Polizisten hatten Verständnis bewiesen und ihn bis vor die Eingangstüre zum Hotel geleitet.

Die Dame beim Empfang musterte ihn, bestätigte die Anwesenheit einer Frau auf Zimmer sieben, für ihn sei Nummer acht reserviert.

Er warf die Tasche in sein Zimmer, schloß die Tür und klopfte bei Simone an. Sie bat ihn einzutreten.

Simone stand im Bademantel mitten im Raum, ein Badetuch über dem Arm.

Ich wußte nicht –

Schon gut –

Soll ich später kommen?

Ich bade erst mal.

Sie verschwand im Badezimmer, zog die Tür leicht zu. Er hörte das Geräusch des einlaufenden Wassers, dann das sanfte Eintauchen ihres Körpers.

Er wagte nicht, sich zu setzen oder gar sich hinzulegen, er konnte sich aber auch nicht dazu entschließen, auf sein Zimmer zu gehen und später wiederzukommen.

Nur allmählich nahm er Einzelnes in dem dämmerdunklen Raum wahr, Stühle, eine Kommode, ein Bett, über dem sich an der Decke ein Ventilator drehte. Das Bett schien ihm riesig. Einen Augenblick lang dachte er an den Satz des Philosophen Flusser vom Bett als einer Weltenmitte, die nach dem Leiden geordnet werde.

Er zuckte zusammen und spähte nach der Tür.

Er hörte den Lärm von der Straße, Stimmen, Motorräder, Musikfetzen; durch einen Spalt des schweren Vorhanges fiel Licht ins Zimmer.

Jedes Bett ist auch Sterbebett, schrieb Flusser.

Komm doch nach Villach, hatte sie geschrieben.

Warum ausgerechnet Villach? Sie hatte immerhin, von ihrem Lob für die hiesigen Heilbäder abgesehen, die Erwartung geweckt, ihm gerade in dieser Stadt, in der sie im Musikverein über gute Freunde verfüge, mit Materialien zu seinem Thema weiterhelfen zu können. Sie hatte auch von einem jüdischen Bekannten erzählt, der über die Liebesgeschichte zwischen Alban Berg und Hanna Fuchs Bescheid wisse und auch im Besitz von Briefen der Familie sei, vielleicht gar jene Partitur der Suite kenne, die persönliche Anmerkungen Bergs aufweisen solle und verrate, wo Erlebtes direkt in die Musik eingegangen sei. Spuren jener Leidenschaft, für die er sich interessiere, wären in diesem Luft- und Badekurort gewiß zu finden. Sie hatte auch den Berghof am nahen Ossiacher See erwähnt, wo Berg einen Teil seiner Kindheit verbracht habe.

Simone hatte auf lohnende Ausflugsziele und die heilende Wirkung der Bäder hingewiesen, als ob er an Gicht litt. Einen Augenblick schien ihm, und darüber wunderte er sich, sie wolle ihn geradezu in diese Gegend locken.

Brauchten sie Vorwände, um sich überhaupt zu begegnen, um Schritte zu tun?

Auf der Fahrt hatte er am Südufer des Wörther Sees das Waldhaus besucht, in das sich Berg in späteren Jahren jeweils zum Komponieren zurückgezogen hatte, ein Landhaus, das auf einem kleinen bewaldeten Hügel lag. Das Haus war verschlossen und wirkte verwahrlost, als sei seit Jahren niemand mehr da gewesen.

Er fragte sich, warum.

David hörte wieder das Geräusch des in der Wanne

auf- und abschwappenden Wassers, ein Gurgeln zuweilen.

Er stand noch immer ratlos im Zimmer. Auf der Straße schwoll der Lärm an, es mußte später Nachmittag sein, es klang nach Feilschen und Streiten.

Simone hatte ein Badetuch um sich geschlungen, als sie aus dem Badezimmer kam und ihm zunickte, als hätte sie ihn eben erst erblickt.

Sie schlüpfte unter die Decke, er setzte sich auf den entfernten Bettrand.

Wo stehen wir?

Er fragte zögernd.

Sie versuchte ein Lachen, doch ihr Gesicht verrutschte.

Noch immer die Vergangenheit?

Manchmal Rückfälle, sagte sie, aber seltener. Viel seltener.

Schlimm?

Was heißt schon schlimm? Es gibt diese Augenblicke, in denen man sich erinnert. Das ist nicht erhebend. Aber vieles ist nicht erhebend.

Aber auch kein Grund mutlos zu sein.

Keine Tröstungen bei dieser Sommerhitze, sie schmelzen gleich.

Jetzt lachte sie.

Er ließ seine Hand über das Leintuch gleiten.

Aber da ist auch kein Grund, sich wieder hineinfallen zu lassen, sagte sie, und es klang wie eine Warnung.

Er zog die Hand wieder zurück.

Warum denn fallen? Man kann auch langsam gehen, in kleinen Schritten, Fuß vor Fuß, tänzeln, trippeln, oder auch, und er sagte das lachend, schluffen oder schusseln.

Oder trapsen und stolpern.

Immerhin sich bewegen.

Mag ja sein.

Sie zog das Laken bis zum Kinn hoch.

Noch immer ängstlich?

Den spöttischen Unterton in seiner Stimme hatte David nicht gewollt.

Sie schloß die Augen.

Soll ich gehen?

Du bist doch erst angekommen.

Ich dachte bloß.

Simone wischte nachlässig mit der Hand durch die Luft, als sei bei dieser Hitze ohnehin alles egal.

David hörte das eigenartige Geräusch des Ventilators, schleppend kam es ihm vor, hinkend geradezu, aber auch betäubend.

Simone schoß plötzlich hoch, blieb vor dem Schrank stehen, leicht vornübergeneigt; sie drehte ihm den Rücken zu.

David irritierte das leicht Gekrümmte ihrer Haltung.

Er stand ebenfalls auf, trat langsam auf sie zu, wartete. Sie drehte den Kopf und wandte sich ihm zu. Hob sie, wie ein kaum angedeutetes Zeichen, zuerst die Hand, oder war er es?

Oder war in beiden gleichzeitig diese Bewegung, ein Ruck, der durch die Körper ging?

Sie sprachen später oft über diesen Augenblick, ein letzter Leerraum, bis seine Hand ihr Haar streifte und ihren Nacken umfaßte. Sie legte ihre Stirn an seine Wange.

Sie war es, die ihn küßte. Darauf bestand er. Und daß er sonst vielleicht abgereist wäre.

Er atmete den Duft ihrer Haut ein.

Als er aufwachte, zeigte seine Uhr halb drei. Seine Zunge klebte am Gaumen.

Simone hatte das Laken über ihren Körper gezogen, nur die Flut ihrer Haare, dieses helle Braun oder Aschblond, doch eher Aschblond, dachte er, hob sich vom Kissen ab, wirkte leicht und fliehend.

Draußen war es still, nur manchmal schlug ein Vogel in die Stille, oder vereinzelte Stimmen drangen herauf, die jetzt hohl klangen in der Nacht, gedämpft, wie der Widerhall einer fernen Musik.

Er spürte die Schwere seiner Glieder nicht als Ermattung, sondern als unbestimmten Schmerz. Vergeblich suchte er nach einer Wasserflasche.

Er schlüpfte in die Kleider, ging in sein Zimmer, um die Flasche zu holen. Er setzte sich für einen Augenblick auf das unberührte Bett, trank, lehnte sich zurück.

Er mußte augenblicklich in Schlaf gefallen sein.

Als er aufwachte, war schon heller Tag. Er öffnete die Tür zu Simones Zimmer.

Sie war nicht mehr da.

Sie hatte nichts zurückgelassen, auch keinen Zettel. Hätte nicht dieser Duft im Zimmer gelegen, er hätte daran gezweifelt, daß auf diesem breiten Bett, dessen Laken in der Morgendämmerung ein fahles Gelb annahmen, jemand geschlafen hatte. Er schwankte einen Augenblick, griff nach dem Hemd, das er liegengelassen hatte.

4 8

Bitte melden, dass 80 S. vor Schluss

15

An der Rezeption verweigerte man ihm jede Auskunft über das Weggehen der »gnädigen Frau«, wie der Angestellte beim Empfang Simone nannte. Der Mann schützte Nichtwissen vor, konnte angeblich auch keinen Hinweis auf ein Reiseziel finden.

Der Angestellte schaute ihn mit reglosem Gesicht an.

David unterdrückte einen Wutanfall, bezahlte und ging rasch auf den Ausgang zu. In diesem Augenblick rief ihm der Angestellte noch etwas nach; als er sich umwandte, schob ihm der Mann an der Rezeption wortlos einen Brief über den Tisch.

Lieber David,

mein unvermitteltes Aufbrechen mag Dir sonderbar oder gar kindisch vorkommen. Wie soll ich es Dir erklären? Jedes Wort bekommt so rasch einen falschen Klang. Ich fühle mich unschlüssig: ja, da ist dieser kaum eingestandene Wunsch, sich noch einmal in das hineinzubegeben, was sich zwei Menschen sein können, es mit Dir zu leben versuchen, wie Du es selbst in Deinen Briefen angedeutet hast. Dieser Wunsch ist da, seit einigen Wochen schon. Ich rede gern mit Dir, lese Deine Briefe gern. Darum wollte ich, daß wir uns treffen, ich freute mich.

Aber dann ist auch dieses Etwas wieder da, ich kann es kaum erklären, etwas, das mich lähmt, mich unvermittelt zurückschrecken läßt, als würde ich mir selber nicht trauen. Angst wovor? Ich weiß es nicht.

Es ist kein Spiel.

Ich würde verstehen, wenn Dir das zuviel ist. Aber ich würde mich auch freuen, wenn wir nicht aufgeben, uns bald wiedersehen.

Simone

Über der noch menschenleeren Stadt lag sommerliches Frühlicht; um den Platz schimmerten Lindenbäume mit ausladenden Ästen und dichtem Laub, ein zartes Grün; Schatten tanzten auf dem Kopfsteinpflaster.

David suchte nach seiner Uhr, noch nicht halb sieben. Er zog nochmals den Brief aus der Tasche. Erst jetzt bemerkte er den in die unterste Ecke gekritzelten Hinweis auf ein Konzert in Triest, eine Einladung.

Wenn du magst, ich würde mich freuen. S.

Was sollte das?

David schüttelte den Kopf.

Kein Largo desolato, sagte er sich.

Ich doch nicht.

Er sagte es trotzig.

Was sollte er tun?

Zurückfahren und alles vergessen? Bei der Zeitung einen neuen Versuch wagen? Lüscher würde nicht nachtragend sein, er würde vielleicht etwas von geplatzten Träumen murmeln, ihn dann aber wieder schreiben lassen. Und vielleicht könnte er doch mit Ines eine Reise unternehmen, wenigstens eine Reise, zur Zerstreuung, Soria oder Sevilla, was immer, das wäre egal. Er hätte ein Ziel. Er wäre bald wieder da, wo er schon einmal gewesen war. Und eines Tages wäre auch Simone Thalmann wieder vergessen.

Würde das so einfach sein?

Vielleicht müßte er einmal etwas ganz wollen und nicht vorzeitig aufgeben.

Er mußte plötzlich lachen: wie er sich dastehen sah, eine müde Gestalt mit einer Reisetasche in dieser Morgendämmerung, auf dem Hauptplatz einer österreichischen Grenzstadt, deren Heilbäder Wohlbefinden versprachen, während er gegen Übelkeit kämpfte, gegen verwirrte Sinne und gekräuselte Nackenhaare.

Er verharrte unschlüssig. Sollte er doch an den Ossiacher See fahren und den Berghof suchen? Oder gar über die Großglocknerstraße kurven, die Berg mit seinem Auto befahren hatte: der Komponist als Ralleyfahrer. Vielleicht würde er gar das Dorf Heiligenblut finden, Bergs regelmäßiges Ausflugsziel, und Geselchtes bestellen können oder Rotkohl. Das Große Fressen, warum nicht?

Er stampfte leicht auf.

Hatte er sich täuschen lassen? Und alles ging drunter und drüber, su e giù.

Im Schaufenster entdeckte er seine Gestalt, leicht gekrümmt. Rasch streckte er den Rücken durch, sah sich wachsen.

Dir eingestehen, was du willst. Daß du überhaupt etwas willst.

Das Thema, du brauchst dieses Thema. Und Simone.

Über den Platz vor ihm watschelten zwei Enten auf ihn zu. Diese Arbeit. Als Vorwand vielleicht. Egal, was am Ende daraus würde. Du brauchst immer einen Vorwand, um zu beginnen. Zu suchen vielleicht. Den Sinn und anderes. Watschelnde Enten. Simone? Einen Weg?

Kann man eine Liebe erzählen?

Die Frage stand so ungeschützt kindlich in einem Brief des Komponisten, daß David den Kopf geschüttelt hatte.

Ihn interessierte die Frau, diese Hanna Werfel Fuchs. Dieses Gesicht mit den Locken über der Stirn, den sinnlichen Lippen, den Augen, die nichts zu verraten schienen. Mochte sie diesen grüblerischen Komponisten wirklich?

Hanna Fuchs und Alban Berg, eine wirklich große Passion oder nur das Verlangen nach Schmerz? War es immer nur das Verlangen nach Schmerz?

Es gab ein Foto der beiden: ihre Gesichter waren eng aneinandergeschmiegt, Ohr an Ohr, Schwarz-Weiß-Porträts, eine raffiniert gemachte Montage vielleicht, die die Liebenden im Bild vereinigen wollte. Doch jedes schaute in einer andere Richtung, in eine unbestimmte Ferne, als könne es das andere, trotz der Berührung, gar nicht wahrnehmen. David hatte das Bild aus der Musikzeitschrift, in der auch der Briefwechsel erschienen war, herauskopiert und zu seinen Notizen gelegt. Immer wieder blickte er auf diese Gesichter, als wären ihre Geheimnisse zu erraten. Berg wirkte, wie auf fast allen Fotos, melancholisch-nachdenklich. Ein dandyhaftes Bubengesicht, das niemals zu altern schien und etwas Leidendes an sich hatte. Hannas Gesicht dagegen schien vergnügt, amüsiert, spöttisch beinahe, heiter auf jeden Fall, hell gewiß, auch wenn das vielleicht an ihrem blonden Haar lag, das sie tief in die Stirn gezogen hatte. Etwas zwischen Sphinx und spätem Mädchen.

Wann fängt eine Liebe an?

Hatten sie darüber gesprochen an jenem Maimorgen in Prag-Bubeneč, als ihre Augen sich im Allegretto gioviale fanden, so fröhlich gelöst?

Unser Augenspiel, hatte er es genannt.

Sie waren durch diesen großen Garten gegangen, hatten sich ins Gartenhaus gesetzt, vielleicht über die Unruhen im Arbeiterviertel gesprochen oder über eine Aufführung in der Laterna Magika. Hatte sie ihm da das Zeichen gegeben? Die Hand vielleicht? Ein Wort, das alles enthielt?

Hatte sie ihm wirklich keine Antwort gegeben auf seine Fragen, wie er klagte?

Er bräuchte Hannas Briefe.

Wußte Simone wirklich Bescheid?

Warum bin ich in meiner Arbeit immer wieder von Frauen abhängig?

Hatte Berg gefragt.

David hörte das Hochklappen von Rolläden und gleich danach das schnarrende Geräusch einer Kaffeemaschine. Die Bar wurde ihm nach einer Nacht wie dieser zum Trost. Er atmete den Kaffeegeruch und den Duft von frischen Backwaren ein.

Er mußte die Briefe finden.

Er durfte jetzt nicht aufgeben.

Er schlürfte den heißen Kaffee. In dem Augenblick raste ein Kleinbus auf ihn zu und hielt direkt vor dem Hoteleingang. Villacher Expreß stand in roten Buchstaben. Der Fahrer warf denn auch einen Stapel Zeitungen vor die Eingangstür. David nahm sich eine und überflog die Schlagzeilen. Gerade als er die Zeitung zurücklegen wollte, fiel sein Blick auf eine Annonce, die einen Liederabend ankündigte: Berg und Schönberg.

Minuten später saß er im Auto und fuhr südwärts.

16

Seit Stunden lag er wach. Helene schlief. Seine Gedanken wanderten zu Hanna, draußen in Bubeneč. Lag sie auch wach? Er war nicht in ihrer Nähe, nicht in ihrem Garten, nicht in ihrem Bett. Nicht mit ihr allein. Nie.

Dreimal war sie zum Tee gekommen, mit Herbert, mit den Kindern. Sie hatten alle um den runden Tisch in der Halle des Hotels gesessen.

Er hatte sie angeschaut. Heimlich. Verstohlen. Helene hatte beobachtet. Und Herbert auch. Kein Wort an sie allein war möglich gewesen. Keine Berührung. Nicht mal das Haar hatte er ihr aus der Stirn streichen können.

Er möchte sie in den Arm nehmen jetzt, sie an sich ziehen.

Er sah für Sekunden diese Augen, mit denen alles angefangen hatte, den Mund, die Rundung der Lippen, die sie manchmal mit einer Fingerspitze berührte, als zöge sie das Lippenrot nach.

Welches Wort wäre das richtige für diese Lippen. Er kannte die Töne, nicht die Wörter. Er würde wieder Töne finden, er wollte, er mußte.

Dir bleibt keine Wahl.

Er sah Hanna vor sich: oft schlug sie, kaum hatte sie sich gesetzt, die Beine übereinander, aber wie sie es tat: sehr langsam, als wollte sie die Bewegung auskosten, das geschwungene Bein schien für Sekunden in der Luft zu schweben. Kaum hatte sie es aufgesetzt, strich sie mit der Hand auf dem Schenkel das Kleid glatt, umfaßte ihr Knie, schaute auf, fragte etwas oder fixierte jemanden.

Und wenn sie einmal saß, scheinbar interessiert zuhörte, konnte es geschehen, daß sie sich plötzlich aufrichtete. Sie legte die Hände um den Hinterkopf, lehnte sich zurück und gab den Blick frei auf ihre Achselhöhlen.

Alle redeten von der Aufführung am elften, im Nationaltheater. Der Wozzeck als Ereignis der Prager Saison. Sein Ereignis war Hanna. Aber sie würde nicht in seiner Loge sein. Vielleicht würden sie sich in der Pause sehen können; beim Anstoßen würden sich ihre Blicke für Sekundenbruchteile treffen.

Er selber hatte das Wort ins Spiel gebracht, das jetzt so schwer wog: Entsagung. Kein Unrecht tun. Nicht wehtun denen, die mit uns leben. Keine Leichtfertigkeit, kein Leichtsinn, keine Lügen. Wie konnte er nur. Abwürgen, was einzig Glück bedeutete. Bei ihr zu sein. Er hatte ihre Gestalt vor sich auf der Chaiselongue. Ihre angewinkelten Beine, leicht geöffnet, hell die Haut. Und er, noch zögernd, legte seine Hände um ihre Knie, drückte die Schenkel auseinander. Sie lächelte bloß.

Komm, sagte sie, komm zu mir –

Wo war sie? Was tat sie? Würde sie an ihn denken?

Wenn er einmal einnickte, döste, schreckte er ruckartig wieder auf, fühlte sich zurückgeworfen in diese Wirklichkeit, die öde war, grau.

Grau ohne dich.

In diesem Grau wuchsen die Bilder, die Phantasien: sie waren voller Abschied.

Einen Spaziergang nach dem Tee, zu viert, hatten sie gemacht, mit den Kindern, in der Prager Neustadt. Das

Elternhaus hatte sie ihnen gezeigt, Havlíčekgasse 11, da war sie geboren. Gleich gegenüber lag der Bahnhof, Prag-Mitte; mit den schrillen Pfiffen, mit dem Keuchen der Lokomotiven war sie aufgewachsen, die Dampfschwaden waren an ihr Fenster gedrungen und die Rufe der Abschiednehmenden. Und sie hatte gelernt, was Fernweh heißt.

Und das Café Arco da vorn, das kennt er ja.

Sie hatte ihn angeschaut.

Er hatte ihr zugehört beim Erzählen, hatte sich das kleine Mädchen vorgestellt, das sie gewesen sein mußte, das sich aus dem Fenster lehnte und den Zügen zuschaute, vielleicht einem Reisenden zuwinkte, übermütig.

An Sonntagen besuchte sie manchmal mit der Köchin Barbara die Messe in der Heinrichskirche, wo der Weihrauch durch die Steinhalle zog; ein wunderbarer Duft, sagte sie.

An hohen Feiertagen folgten alle dem Vater in die Maiselsynagoge, hier war das Licht der Kerzen unvergleichlich. Das Flimmern der Synagogenluft wehte wie der Hauch Gottes durch den Raum und stimmte ein auf die Haftorah.

Helenes Haar lag tief im Kissen.

Und Hanna?

Lag sie wach neben dem Mann, der schlief? Oder spreizte sie die Beine auseinander wie damals auf der Chaiselongue und sah ihm zu, wie er sich zwischen ihre Schenkel gleiten ließ?

Lag sie wach und dachte an sie beide: wie sie ganz ineinander verschlungen waren, damals im Mai. Sie hatte eher scheu gewirkt, unnahbar, trotz ihrer Lebhaftigkeit. Und dann unerwartet ihre Heftigkeit.

Leidenschaftlichkeit? Begehren? Lust?

Er schlüpfte in die Kleider.

Wohin gehst du?

Ich kann nicht schlafen, Helene, ich will spazierengehen und komme gleich wieder.

Erkälte dich bloß nicht, deine Bronchien, du weißt.

Er wußte, aber auch in dieser Schlaflosigkeit fiel das Atmen schwer. Es fiel überall schwer, wo sie nicht war.

Rasch war er unten auf der Straße.

Wohin jetzt?

Nach Bubeneč? Hin zu ihr. Zu ihrem Fenster hinaufschauen?

Über den Ring, und dann bist du schon an der Moldau, sagte er sich, als müßte er sich Mut zusprechen.

Er schritt ruhig voran.

Welch eine Nacht, welch ein Wahnsinn, allein durch diese Straßen zu gehen, getrieben vom Wunsch, in ihrer Nähe zu sein.

Er würde sich verirren, er kannte den Weg nur ungefähr, die Niklas-Brücke, die Rudolf-Anlagen. Und schon bald wäre er in Bubeneč.

Hanna, flüsterte er in die Nacht hinaus. Und jeder Schritt war einer auf die Erinnerung zu: jene Maitage, die sie zusammengeführt hatten. Immer wieder sie, auf dieser Chaiselongue, hingebreitet, ihm zugewandt, die Brüste, die Hüften, ihm geöffnet dieser Schoß. Ohne Scheu lag sie da, auf ihn wartend, die Hände nach ihm ausstreckend.

Er mied die nächtlichen Gestalten beim Rathaus und beim Hus-Denkmal, bog in die Maiselstraße ein: Hannas Sonntagsweg.

Hanna, fragte er sich, woran denkst du? Was fühlst du? Leidest du? Wer bist du? Welche Dunkelheiten quälen dich?

Er ging und ging, überließ sich den Erinnerungen. Und wußte später selber nicht, wie lange er gegangen war. Umhergeirrt in nächtlich fremden Straßen. Manchmal begegnete ihm eine einsame Gestalt, ein Nachtschwärmer wie er, ihn musternd. Was tat er da?

Er erschrak, eilte rasch weiter.

Zu dir. Zu dir. Den Verstand hatte er verloren, unvernünftig war er geworden, ein Rasender.

Auf der Brücke hielt er einen Augenblick inne; sein Atem ging schwer, er lehnte sich ans Geländer; dunkel der Fluß, schwarz, nur von der Civilschwimmschule fiel das Licht der Lampen aufs Wasser, ein blanker, metallischer Schein.

Er keuchte auf dem leicht ansteigenden Weg, summte. Schwarz die Bäume, dann die Straße, die hinunterführte, die vielen Kastanienbäume.

Wir wohnen unter Kastanien, hatte Hanna gesagt.

Und dann stand er vor dem Haus, näherte sich dem Zaun, der das Haus umgab. Dunkel alles. Der Buchsbaum. Die Thujahecken. Leer der kleine Balkon. Ein Tuch hing über dem Geländer.

Er möchte rufen, laut in diese Nacht hinaus, ihren Namen schreien: Hanna. Sie herbeirufen zu ihm. In seine Arme. An seine Haut.

Er erschrak.

Wenn ihn jemand beobachtete. Herbert vielleicht.

Oder eines der Kinder, das die Eltern rufen würde. Und alle stünden am Fenster oder träten hinaus auf den Balkon und sähen hinunter auf diese Nachtgestalt.

Er sah den Garten, die Stühle, auf denen sie gesessen hatten. Das breite Fenster im Erdgeschoß, gleich daneben stand die Chaiselongue. Wie oft hatten sie sich geliebt an diesem Tag?

Und später wieder, in der Nacht. Und dies lange Gespräch, während sie nackt dalagen: über sich, über den Körper, über die Lust, die sie entdeckt hatten, spät.

Wir sind Spätlinge, hatte sie gesagt und gelacht.

Plötzlich hörte er Schritte.

Da kommt jemand. Noch ein Nachtschwärmer.

Er war froh, daß der andere vorbeihastete, schweigend. Lange konnte er hier nicht mehr bleiben. Die Fenster waren dunkel. Er mußte gehen. Aufbrechen. Wieder durch die Nacht, durch die Straßen irren. Ein Verrückter. Vor ihrem Fenster auf und ab gehen wie ein Jüngling, der stundenlang wartete, im Regen ausharrte, weil ihn nach ihr verlangte.

Nach drei Uhr war er wieder im Hotel. Erschöpft. Setzte sich hin, schrieb an sie. Von seinem Liebesgang in dieser Nacht des Wahnsinns.

Und daß er nicht mehr wüßte, woher die Kraft nehmen, weiter zu warten, auf sie, auf die Gunst eines Augenblicks, auf die Erfüllung ihrer Liebe.

Und wie er hätte schreien wollen, in dieser Nacht, vor ihrem Fenster.

Zu ihr, einfach zu ihr, schrieb er, wolle das, was er sei. Er finde keinen Schlaf, auch jetzt nicht. Nur sie könne ihm Ruhe geben.

Nur du. Deine Gestalt. Deine helle Haut. Deine Lippen. Deine Brüste. Dein Schoß.

Ein neuer Tag kam, sie sahen sich wieder, alle. Es gab kein Gespräch unter vier Augen, auch an den andern Tagen nicht. Immer scheuer wurden die heimlich gewechselten Blicke. Wozzeck war ein Erfolg. Dreißig- bis vierzigmal wurde er vor den Vorhang gerufen.

Was zählte das schon?

Er wollte nur sie. In seinen Armen halten.

Tage später reiste er nach Pilsen. Allein. Schrieb noch im Zug einen Brief. Abschiedsbrief. Die Qual dieser zehn Tage. Nichts als zwei bis drei Blicke am Tag. Kein Wort der Liebe sagen können. Nicht einmal am Telefon. Nur Abschied nehmen. Wir sind eine Generation von Abschiednehmenden, schrieb er, alles fällt uns aus der Hand, die Gewißheiten und die Sicherheiten, die Liebe und die Freundschaften. Nur der Tod ist uns nah, und selten das Glück.

4 Sec.

17

Die Strecke Richtung Grenze, ins Friaul, war an diesem frühen Morgen fast ohne Verkehr. Er fuhr bedächtig, Eile war nicht geboten, mehr als sechs Stunden nähme die Fahrt nicht in Anspruch, selbst wenn er in Udine oder Gorizia oder in Duino einen Zwischenhalt machen oder sich die Schlachtfelder am Isonzo ansehen würde. Er würde im Laufe des Nachmittags da sein und Zeit genug haben für Hotelsuche und Schlendertour durch die Innenstadt.

Er kannte Triest von einem früheren Aufenthalt, den er damals zu einem Reisebericht verarbeitet hatte. Nichts Neues, wie Lüscher richtig festgestellt hatte: über Svevo und Saba hatten vor ihm schon andere geschrieben.

Was war in der Nacht geschehen? Wußte er es wirklich nicht? Oder wollte er es nicht wissen?

Und was war mit diesem Schmerz?

Keine Erinnerung, es stach.

Friaul Julisch-Venetien würde ihm sicher gefallen, hatte sie gesagt, ein Land ganz am Rande, abgelegen, vergessen, Rebberge, Felder. Doch er hatte kaum Lust, Weine zu degustieren.

War er überrumpelt gewesen von dieser plötzlichen Nähe, nachdem sie ihm monatelang ausgewichen war.

Du hältst mich auf Distanz, hatte er mehr als einmal geschrieben, wenn ihre Briefe wieder den Ton einer kalten Sachlichkeit angenommen hatten, seine Fragen abgeschmettert und seine Einladungen abgewiesen worden waren. Sie beharrte auf jener Distanz, auf die sie von Anfang an Wert gelegt hatte.

Würde sie all das, was sie festzuhalten schien, überhaupt jemals ablegen können?

Rasch wuchsen, während er in diese Landschaft hineinfuhr, die Zweifel. Schon wieder war sie auf Distanz gegangen, hatte sich zurückgezogen, sich abgewandt.

Drei Schritte zurück, dachte er und wurde wütend.

Vor ihm bog ein Kleinbus scharf nach rechts, er mußte unvermittelt bremsen.

Nichts als Idioten auf der Straße, brummte er, obwohl jetzt kein Auto mehr seine Fahrt behinderte. Würde sich Simone ihm jemals wirklich zuwenden?

Es gab nur diese vage Hoffnung. Und das war wenig für diesen, für die kommenden Tage. Und es gab auch die Angst, sie falle wieder in das zurück, was nicht überwunden war. Sie könnte ihm wieder begegnen, und wieder von dieser andern Kraft angezogen, diesem andern Mann ausgeliefert sein.

Er fuhr langsamer, schüttelte den Kopf, stellte die Musik lauter.

Die Bilder ließen sich nicht verdrängen. Er sah ihr zu, wie sie folgte, ihm, diesem Andern, widerwillig wehrlos, mit ihm ging, in einen dunklen Hinterhof, einen Schuppen, ein Treppenhaus.

Immer neue Möglichkeiten sah er vor sich, in allen Einzelheiten: einer kniete nackt über ihr –

Wo bist du, sagte er laut und blickte auf den leeren Sitz.

Wer bist du, rief er und schlug mit der Hand aufs Polster.

Was willst du?

Er hob beschwörend die Hand.

Nein, sagte er sich dann.

Er fuhr noch langsamer. Er drückte den Daumen gegen die Brust.

Ohne Erfolg.

Er hielt an und stieg aus.

Und während er in die dicht beieinanderstehenden Bäume starrte, in dies flirrende Licht der Sommerwälder, glaubte er für Augenblicke ihr Gesicht zu sehen, von Röte gefleckt, und ihre Stimme zu hören, ein Flehen.

Er zuckte zusammen.

Warum sprach er ihren Namen nicht aus?

Rasch stieg er in den Wagen, beschleunigte, die Musik war jetzt laut, ein Klavierkonzert.

Was würde er von sich erzählen, wenn sie fragte. Kindheit, Ausbildung, Beruf? Welche Geschichte würde er ihr erzählen? Wäre seine Neugier etwas, das ihr gefallen würde, sein Fragen und Nachfragen? Was würde sie sagen zu seinem Hang, zu allem eine Geschichte zu erzählen und sich dabei zu verlieren? Wie würde sie reagieren auf sein plötzliches Stillwerden?

Welche Geschichte, die er gehört hatte und erzählen konnte, war wirklich die seine? Wußte er das jetzt? Spielte er noch immer nur Möglichkeiten durch und fand deshalb zu keiner Wirklichkeit?

Hatte mit den zaghaften Begegnungen von Simone und ihm, diesen kargen Anfängen, überhaupt eine Geschichte begonnen?

Und was war mit ihm?

Niemand kann deine Erwartungen erfüllen, hatte Ines gesagt. Niemand kann dir geben, was dir fehlt.

Plötzlich war da das wilde Tal, steiniger, karger Boden zwischen hohen Bäumen, am Horizont ein grauer Saum. Er überlegte, ob er nicht doch eines dieser Weindörfer im Tal unten besuchen sollte. Er schüttelte den Kopf.

Geschichten erzählen? Weil sich da manchmal Leichtigkeit einstellte, das Ablegen der Schwere gelang, die auch zu ihm gehörte. Ahnte er überhaupt, was zu ihm gehörte?

Sein Jurastudium hatte alle überrascht, aber er hatte sich dafür nicht aus Trotz entschieden. Es fiel ihm schwer, zu erklären, daß ihn Menschen interessierten, gerade dort, wo sie mit ihrem Scheitern sichtbar sind: im Delikt, im Verbrechen.

Darüber hatte er geschrieben.

Er verlangsamte die Fahrt wieder; das Tal weitete sich, ging in flaches Land über. Gehöfte, kleine Dörfer lagen da, dazwischen Rebfelder, Hochsommerlicht. Er hatte Lust auf einen Kaffee; weit und leer schien ihm die Ebene, kein Mensch war zu sehen, nur dann und wann ein Auto, das ihn überholte. Die leere Fahrbahn erschien ihm mächtig, ein dunkles Grau, narbig, das sich in diese Ebene ergoß.

Gemona, las er auf einer Tafel. Er verließ die Autobahn, folgte der Hauptstraße. Bei einem Dorfeingang

Bei einem Dorfausgang

entdeckte er einen Brunnen, hielt an. Er füllte seine Wasserflasche auf, streckte den Kopf unter den Strahl, wischte sich über das Gesicht.

Du mußt weiter, weiter, flüsterte er sich zu.

Warum wollte er nicht aufgeben?

Das paßte nicht zu ihm. Hartnäckig war er nur in seiner Arbeit. In seinen Beziehungen zu Menschen blieb er zurückhaltend. Nur niemanden von sich überzeugen müssen. Freundschaften hatten sich bei ihm meist zufällig ergeben, er hatte sie geschehen lassen, hatte sie gelebt und sich wenig gewehrt, wenn sie ausfransten, wie er es nannte. Diese plötzliche Entschlossenheit war ihm fremd und unheimlich, als gewahrte er eine bisher verborgene Kammer in sich selber.

Noch einmal waren sie verabredet gewesen: zu einem Spaziergang am Fluß, kurz vor Simones Abreise zur Sommertournee –

Still betrachten sie einen Reiher, der unendlich langsam durch das Wasser flußaufwärts stapft. Sachte setzt er Bein vor Bein in den sandigen Grund, den Kopf leicht vorgeneigt, manchmal bleibt er für Sekunden stehen, es scheint, als erfasse ihn die Strömung. Dann, mit großer Kraftanstrengung von neuem ansetzend, geht er weiter, trotzt dem Ziehen des Flusses. Winzig klein sind seine Schritte. Sie beide verharren am Ufer, reglos, und beobachten mit angehaltenem Atem diesen Gang. In diesem Augenblick ist ihr Gesicht dem seinen ganz nah.

Das gegenüberliegende Ufer ist felsig, grau und schrundig, eine Schlucht tut sich auf, ein schattiger Schlund.

Er hört sie atmen, ihre Hüfte berührt kaum merklich die seine, sie hat ein Knie leicht vorgebeugt, die Hand eingestützt, ein Streifen nackter Haut schimmert zwischen Bluse und Hose.

Der Reiher bewegt sich bedächtig flußaufwärts, steht still, als könne er der Strömung nicht mehr standhalten und würde mitgerissen. Dann hebt er den Fuß wieder leicht, stemmt sich gegen das Ziehen des Wassers und schiebt sich Zentimeter um Zentimeter voran. Immer noch stehen beide still, er hört wieder ihr Atmen, nimmt den Duft ihrer Haut wahr. Hätten beide gleichzeitig den Kopf gewendet, ihre Gesichter hätten sich berühren müssen.

Man wünscht sich, daß er es schafft, sagt sie dann, gegen die Strömung zu gehen, die ihn mit sich ziehen will.

Er nickt, wirft ein Blatt ins Wasser, das rasch fortgetragen wird.

An diesem Abend hätte sie sich gewünscht, schrieb sie später, länger zu bleiben, mit ihm in die Nacht hineinzulauschen, zu schlafen mit ihm.

Aber sie war gefahren.

Sie hatte ihm eine Spiegelscherbe geschenkt, die sie auf ein blau bemaltes Papier geklebt hatte.

Er hatte damals nur die Scherbe gesehen.

Udine centro, las er jetzt und folgte den Wegweisern, fand einen Parkplatz. Auf dem großen Platz im Zentrum hatte ein Café geöffnet. Er betrachtete, während er den Kaffee schlürfte, den Platz, der von Palästen gesäumt war. Die breite Loggia gefiel ihm, er sah, wie zwei

Männer hinter einer Säule hervor ein junges Paar beobachteten, das sich auf der Treppenstufe heftig küßte.

Würden Simone und er sich wieder verfehlen, auch in Triest oder anderswo?

Er würde auf sie warten und arbeiten.

Er bestellte einen zweiten Kaffee, trank ihn, um das Paar nicht noch einmal zu sehen, gleich an der Theke und bezahlte. Noch während er quer über den Platz schritt, hörte er vom Dom die Glocken.

Eine Beerdigung, fragte er unvermittelt.

Kapitel 18

Er folgte der Landstraße in die Ebene hinein. Friaul Julisch-Venetien, welch sonderbarer Name, dachte er und wunderte sich. Das Schild »Gradisca d'Isonzo« verwies auf die Schlachten des Ersten Weltkrieges und lud zur Besichtigung der Schlachtfelder und Friedhöfe ein.

Er bog in die Küstenstraße ein, doch weder Duino noch der einsam zwischen Felsen gelegene Strand von Sistiana verleiteten ihn zum Bleiben, obwohl er keinen Grund zur Eile verspürte. Das Konzert würde, wenn überhaupt, erst in fünf Tagen stattfinden.

Er erblickte das Schloß Miramare, das der österreichische Erzherzog Maximilian für seine zwanzigjährige Gattin hatte bauen lassen. Berg hatte diesem unglücklichen Sohn des Kaisers Franz Josef einen Liederzyklus widmen wollen. Unermüdlich hatte er versucht, alles Gehörte und Erlebte umzusetzen, in Kunst zu verwandeln.

Und die Briefe an Hanna?

David kickte eine Blechdose vor sich her. Wellen schlugen an die Steine. Er ballte die Hände zu Fäusten.

Und du, fragte er sich unvermittelt, was ist mit deinen Plänen, deinen Erwartungen?

Flach im Dunst verschwammen die Umrisse von Triest.

Vorwärts, sagte er sich.

Kurz bevor er die Innenstadt erreichte, meldete das Radio die Rekordtemperatur von fünfunddreißig Grad und warnte vor Waldbränden. Die Stadt wirkte leer, als wage sich niemand hinaus auf die Straßen.

Er bekam, nah beim Bahnhof, ein lautes Zimmer mit Fenster zur Straße. Aber das Bad sei sehr schön, beteuerte der Portier. David legte sich für einen Augenblick hin. Im Dösen, in das er fiel, war auch die Erinnerung an jene Nacht wieder da. War Simone wirklich aus der Dusche gekommen und unter die Decke geschlüpft? Hatte sie wirklich »Komm« gesagt, oder hatte er sich das nur eingebildet?

War da nicht Abwehr gewesen, ein Innehalten, ein Zögern zunächst, ein langsames In-sich-zurück-Kriechen, ohne ihn wegzustoßen?

Distanz nehmen und Fernsein?

Der Lärm von Schüssen weckte ihn auf, er schnellte hoch, lauschte, versuchte die Benommenheit abzuschütteln. Als er ans Fenster trat, sah er zwei Motorräder, die davonrasten. Mitten auf dem Asphalt lag ein großer Hund in einer Blutlache. In den Häusern gegenüber gingen die Fenster auf. Minuten später war die Straße voller Menschen. Sie diskutierten laut und erregt, Flüche waren zu hören, Verwünschungen.

Er schloß das Fenster, setzte sich aufrecht ins Bett, ließ sich zurückfallen, verfiel nochmals in unruhigen Schlaf.

Stunden später erwachte er mit schwerem Kopf. Im Speisesaal servierte ihm eine Dame mit umständlichen Gesten und großer Langsamkeit Tee. Simone hatte einmal, in einer seltenen Mischung aus Schüchternheit und Ironie, bemerkt, vielleicht sei sie eben ein spätes Mädchen.

Als was müßte er sich bezeichnen?

Alles hatte keine Eile, sagte er sich und staunte über sich selber.

Minuten später war er auf der Straße, die Stadt erwachte, Läden öffneten, Menschen eilten vorüber. Er ging die Küstenstraße hinunter zum großen Platz, der sich zum Meer hin öffnete. Rasch verschwanden die Menschen in den schattigen Gassen. Er hatte von den berühmten Kaffeehäusern der Stadt gelesen, dem San Marco, dem Tommaseo, dem Specchio, aber ihm war nicht danach zumute, neben all den Touristen Kaffee zu trinken. Warum war Berg jeden Tag ins Café gegangen, obwohl er das Ritual der Wiener Kaffeehäuser verabscheute? Zum Speien dieses Wien, hatte er an seine Frau geschrieben. Und dann war er doch wieder ins Café Beethoven oder ins Café Prückl gegangen, oder sogar zum Spielen ins Café Museum. Konsequent bist du nicht, hatte Helene gesagt.

In einer Seitengasse fand David eine kleine Bar, trank einen Espresso, der sogar mit dem selten gewordenen Glas Wasser serviert wurde. Er entdeckte das Plakat, fand die Vorverkaufstelle und bekam sein Billett. Die wichtigsten Sehenswürdigkeiten hatte er bald hinter sich: die Kirchen von San Antonio Taumaturgo und San Spiridone am Canale Grande, das römische Theater und die Villa Necker. Später wollte er auf den Stadthügel, zur Kathedrale und zum Schloß. Früher war er gern allein durch große Städte geschlendert, er genoß es, stundenlang durch Straßen zu gehen, ohne ein Ziel zu haben, zu schauen, sich treiben zu lassen. Er hatte, wenn auch nicht lang, in Rom gelebt, in Köln, in Wien. Die Zeit in Graz war vielleicht die schönste gewesen. Er hatte schon immer eine Vorliebe für das Österreichische gehabt, Broch und Musil, Franz Nabl und Josef Roth waren ihm wichtig, auch Lernet-Holenia und Herzmanovsky-Orlando las er gern, Stifter verehrte er. Er glaubte hinter der österreichischen Melancholie eine gewisse Lebenslust erkennen zu können. Entsprang daraus eine Kraft, die der Erfahrung der Vergänglichkeit trotzte, sich dem Tod entgegenstellte?

Einmal war er mit Ines in Triest gewesen, auf der Durchreise für einen Tag. Sie waren den Schloßhügel hinaufgestiegen, und er hatte sie ins Lapidarium geführt, hatte zu einigen Stelen und Statuen Erklärungen gemacht, in der Annahme, das würde sie interessieren. Er hatte ihr auch vom Tod des Altertumsforschers Winckelmann erzählt, der von seinem Liebhaber ermordet worden war und hier sein Grab gefunden hatte. Sie hatte ihn mit der Frage unterbrochen, warum er sich immer mit toten Dingen, mit vergangenen Zeiten beschäftige, statt sich der Gegenwart zuzuwenden: Du lebst doch heute.

Er war augenblicklich verstummt und hatte den ganzen Tag kein Wort mehr gesprochen.

Er verspürte keine Lust, ins Hotel zurückzukehren und dort auf den Vorstellungsbeginn zu warten. Er folgte der Straße, die zum Burghügel führte, dunkelrotes Gemäuer, glitzernde Kuppeln und Dächer, am Ende der Straße die Kathedrale. Das kleine Forum, mit einigen Säulenresten geziert und zwischen Burg und Kathedrale gelegen, war von Zypressen gesäumt, in deren Schatten die wenigen anwesenden Menschen Schutz suchten. Er beobachtete eine kleine Reisegruppe, die sich in dieser brütenden Hitze vor dem Kriegerdenkmal die wechselvolle Geschichte der Stadt erklären ließ. Die meisten hielten ihre Köpfe mit Taschentüchern bedeckt und benutzten Karten und Faltprospekte als Fächer, aber sie harrten aus an diesem Altar der Heimat. David setzte sich in den Schatten und las die Tagore-Gedichte, die Zemlinsky vertont und Berg zitiert hatte.

Ich bin schlaflos und voll Sehnsucht, ich bin Fremder im fremden Land.

Dein Odem kommt zu mir und raunt mir unmögliche Hoffnungen zu.

Deine Sprache klingt meinem Herzen vertraut wie seine eigene …

Kann man so noch reden? dachte er, daß eine die Abendwolke ist, in endlosen Träumen wohnt, Liebe in Erinnerung schmelzen läßt und Schmerz in Lieder? Kann man noch solche Worte sprechen in einer Welt, die längst mit der Herstellung idealer Menschen, idealer Paare beschäftigt war?

Er brach ab, stieg die breiten Stufen am Ende des Forums hinauf, er blickte hinunter auf die Stadt und das Meer, dann zurück auf das Forum und die Kathedrale: hier oben würde sie singen.

Simone.

Manchmal sah er auf, spähte in alle Richtungen. Könnte sie nicht irgendwo auftauchen?

Er vertiefte sich wieder in die Verse, las die Liebesgedichte jetzt wie eine Botschaft aus einer andern Zeit, die sich in der Gegenwart behaupten wollte.

Der Liederabend beginnt pünktlich. Die Stühle vor der Freitreppe sind spärlich besetzt, es sind wohl nicht mehr als dreißig oder vierzig Leute da. Die drei Sängerinnen stehen oben, alle drei in dunkelschwarzen Taftkleidern, die im Licht der beiden Lampen matt glänzen. Auch am Klavier eine Frau.

Simone singt zweimal das Stormlied *Schließe mir die Augen zu*, gleich am Anfang die atonale Version, die Hanna gewidmet war, und am Schluß des Abends die Vertonung für Helene.

Als er die ersten Takte der Version für Hanna hört, erschrickt David. Simones Stimme scheint etwas Schrilles, Beschwörendes zu haben, ihm ist, als zerstückle die Musik die Verse, breche sie auseinander, verhöhne sie. Da kommt nichts zur Ruhe, da legt kein Schmerz sich schlafen, sondern bricht auf. David glaubt ein Zögern, ein Bangen, eine Angst wahrzunehmen, als öffne sich ein Abgrund. Er glaubt, aufspringen zu müssen, eine Unruhe erfaßt ihn, die er nicht aushält.

Simones Gesicht bleibt unbewegt, nur ihre Stimme klingt fort.

Hatte Berg seinen frühen Tod in jenem Augenblick vorausgeahnt, als er die Liebe zu Hanna gefunden hatte? Diese Liebe triumphierte nicht in der atonalen Klangwelt der Zwölftonmusik. Wie Trotz scheint hier der Wunsch nach dem Schließen der Augen zu klingen. Er hört Simone zu, ihrem weichen Mezzosopran, aber das Lied bleibt ihm fremd, kalt, abweisend. Auch Schönbergs Vertonungen von drei Gedichten Jakob

Haringers erreichen ihn nicht wirklich. In der Vertonung durch Schönberg scheinen sie das Leichte, Verspielte zu verlieren.

Ist das eine Musik, die er nicht versteht?

Doch dann, am Schluß, Simones Stimme in der frühen melodiösen Vertonung des Stormliedes: er ist gepackt.

Schon die ersten Takte nehmen ihn auf, heben ihn auf, tragen ihn mit einemmal fort. Da sind die langen Gänge am Fluß entlang, die Birkenwälder, die sanften Wirbel des Wassers. Da legt sich der Schmerz, da ist dieser Schlaf, nichts als ein Schlaf, Ruhe, wenigstens für Augenblicke.

Die Zurückhaltung in Simones Stimme unterstreicht die Schlichtheit der Vertonung, die in ihrer gleichmäßigen Rhythmik ganz auf den Text eingeht, ihm vertraut, jeden Schnörkel vermeidet. Er hätte gerne das Wort Innigkeit für die Wirkung des Vortrages gebraucht oder auch das Wort Poesie, vielleicht gar das Wort Verklärung.

So sitzt er da, hält die Augen geschlossen, hört noch immer die Stimme, als singe sie unentwegt weiter.

Ihre Stimme.

Er bezieht diesen Wunsch, sich von Händen die Augen schließen zu lassen, auf sich. Er sucht ihre Augen, aber er findet sie nicht und auch nichts, was er als Zeichen hätte deuten können. Nur der Gesang klingt in ihm fort.

Er läßt den Applaus verklingen, die Menschen weggehen und hält sich abseits unter den Bäumen.

Sie wird kommen.

Bestimmt.

Der Park ist durch einige Lampen schwach erleuchtet, das Licht verliert sich im Grün, die Äste der Bäume stehen still.

Zuerst entdeckt er nur einen Schatten, dann, gegen den Baum gelehnt, dunkel, eine Gestalt.

Er geht langsam, erblickt unten die Dächer der Stadt, unter dem weiten Nachthimmel, das Meer als unruhiges Flackern, die ansteigenden Hügel.

Simone.

Ihr Gesicht im Halbdunkel, die Haarsträhne fällt über die Wange, die Lippen sind leicht geöffnet.

Er sieht das dunkle Kleid; ihre bloßen Füße stecken in dünnen Ledersandaletten.

Komm, ruft sie ihm zu, komm.

Sie löst sich vom Baum, dreht sich David zu, ihre Schultern berühren sich.

Dann nimmt sie seine Hand und zieht ihn mit sich fort, über den Weg in den kleinen Park, an einer Kinderschaukel vorbei in diesen Winkel, auf die Erde.

Über den Dächern steht das Morgenlicht, hell, klar, sommerlich. Sie gehen durch den Park.

Simone wird plötzlich blaß.

Eine Kinderschaukel, sagt sie.

Was hast du?

Später, sagt sie hastig, komm.

Sie folgen der Straße, die durch den Park führt.

Was ist?

Simone wendet sich ab, schweigt.

Sie hebt die Hand, als wolle sie auf die Stadt hinweisen, den großen Platz am Ende der Treppe.

Ich werde bald fahren.

Wieder gehen?

Er fragt ängstlich.

Warum dieses Hin und Her, wagt er einzuwenden, warum bloß? Bist du auf der Flucht vor mir, vor dem, was sein könnte?

Sie schaut ihn an.

Mein Terminplan für die nächsten Tage ist ziemlich voll, aber dann fahre ich nach Kroatien.

Sie lacht über sein erstauntes Gesicht.

Ich arbeite seit ein paar Jahren für eine private Organisation in Kroatien, die sich Kindern annimmt, die durch den Krieg gelitten haben. Ich sammle Geld durch Auftritte und Aufrufe, wir sind eine Gruppe, Musiker und Theaterleute, die bei einem Treffen in Sarajevo zusammengefunden haben und etwas tun wollten.

Sie spricht von der Ärztin, mit der sie zusammenarbeiten, Dottoressa Medovic in Lovran.

Ich werde sie demnächst besuchen. Wir können uns in Istrien treffen, Opatija, das frühere Abbazzia, sagt sie, und versuchen, ein paar Tage miteinander zu verbringen.

Sie nimmt aus ihrer Handtasche ein Papier und schreibt ihm eine Adresse auf: Hotel Mozart, sagt sie spöttisch, Wiener Tradition, Mitteleuropa, wenn du willst, pastellfarbene Tüllvorhänge aus der Jahrhundertwende, geklöppelte Tischtücher, viel Lila und Rosa, Altrosa. Es gibt ein Mahler-Zimmer; Alma und Werfel waren auch da, wohl auch Berg. Und draußen das Meer, die Kvarner Bucht, die Riviera Alt-Österreichs.

Er solle sie da erwarten, in zehn bis zwölf Tagen. Er könne ja an seinem Text weiterarbeiten. Oder Ausflüge machen, Istrien sei eine außergewöhnliche Landschaft, verwildert im Grün von Lorbeer und Thuja. Oder in die andere Richtung, hineinfahren in das vom Krieg zerstörte Land.

Was treibt sie an, denkt er, schweigt.

Oder fahr nach Lovran, sagt sie mit plötzlich wieder ernsthafter Stimme, und laß dir von Doktor Medovic die Kinderklinik zeigen. Die Frau stammt aus Banja Luka, hat in Bologna studiert.

Was soll ich? Warum?

Sie umarmt ihn, ihr Haar ist aufgelöst, wirr.

Er schaut die Treppe hinunter, auf der sie verschwunden ist.

Für Sekunden ein Schmerz, dann aber, als hätte er sich jäh besonnen, Freude: die Nacht, ihre Stimme, ihre Gesten.

Und eigentlich –

Sätze fielen ihm ein, Fragen, die er ihr hätte stellen wollen.

19

Hanna,

dies ist ein Abschiedsbrief. Wir werden in aller Frühe abreisen, es wird ein Abschied für länger, vielleicht für immer. Man kann nicht mit Erwartungen leben, mit Sehnsüchten, die sich nicht erfüllen.

Zehn Tage haben wir uns gesehen, aber nie allein.

Wie schwierig, angewiesen zu sein auf zwei, drei Blicke am Tag, nicht ein Wort der Liebe sagen zu können, nicht mal am Telefon. Aber dieses Entsagen, dieses Opferbringen geht in meinen Kopf nicht hinein.

Als Du mir neulich, in unserem Kinderspiel um Träume und Hoffnungen, Gelegenheit gabst, etwas zu wünschen, was einem das Schicksal erfüllen muß, so war es natürlich kein anderer Wunsch als der, der mir ins Herz schoß: Dich ganz zu besitzen.

Was magst Du gewünscht haben? Wenn ich das erfahren hätte! Es war eine der Fragen, die ich hätte aussprechen wollen, wenn uns eine Viertelstunde für uns allein geblieben wäre. Auf meinen Lippen war dieser Refrain: »Du gefällst mir immer besser«.

Ich sehe Deine Fröhlichkeit, höre Dein Lachen, in ganz kurzen Tönen eines aufsteigenden Vierklangs, ich sehe, wie Dein Gesicht gebannt meiner Musik lauscht.

Ich erinnere die Gegenstände Deines Alltags, lese immer wieder in dem Buch, das mir bei Euch in die Hände fiel, Baudelaires *Fleurs du Mal*. Wie oft hast Du darin gelesen? Erinnerst du Dich an die Verse Seite 46 (zweimal 23) *De profundis clamavi*?

Von all dem muß ich nun scheiden, auf vielleicht unabsehbare, unvorstellbare Zeit. Wir werden uns lange nicht mehr sehen.

Oder werden wir uns, wie dieses Mal auch, sagen müssen: Noch ist nicht die geringste Aussicht vorhanden, daß unsere Liebe die ihr einzig zugehörige Vereinigung findet. Eine Vereinigung, an die ich mit unerschütterlicher Zuversicht glaube. Versprich mir, Hanna, daß auch Du so denkst. Immer so denkst. Ich brauche das, um durchhalten, um komponieren zu können.

Ich habe mit der Reinschrift meines Quartetts in den nächsten Wochen viel zu tun. Ich will mich gleichsam in Tag- und Nachtarbeit ertränken, um die erste Zeit zu überstehen.

Schließe mir die Augen zu, möchte ich rufen, Dir zurufen, als wär's nicht von Storm, sondern von mir.

Nimm meine Liebe, die das Um und Auf meines Seins ist, seit wir uns begegnet sind, nimm sie hin als das einzige, was ich Dir, meine Hanna, zum Abschied geben kann.

Dein Alban

20

Schon eine Stunde nachdem sie die Treppe hinuntergestiegen war und unten auf der Piazza noch einmal gewinkt hatte, saß er im Wagen. David Rudan wußte, es gab keinen Grund zur Eile, er konnte sich die Stadt und ihre Umgebung ansehen, den Strand von Barcola, die Riviera von Santa Sabba, die Städte an der istrischen Küste.

Etwas in ihm drängte fort.

Er fuhr los und spürte wieder dieses Widerstreben, in den Balkan hineinzufahren, der ihm fremd war und ihn an diesen Sommer erinnern würde, als ihn ständig neue Meldungen von Kriegsgreueln erreicht hatten, von einem Krieg, der ihn mehr als alle andern erregt hatte, deren hilflos-passiver Medienzeuge er gewesen war. Kriege waren sozusagen wieder selbstverständlich geworden, eine Abendzerstreuung auf CNN.

Er folgte der Straße hügelan in die Karstberge hinein, in eine Wand grauen Lichts. Schon nach wenigen Kilometern tauchte die Zollstelle von Basovizza vor ihm auf.

Was von dem, was er ihr hätte sagen wollen, hatte er wirklich gesagt? Und was nur gedacht? Brauchten sie Zeit, wie sie gesagt hatte, war es nicht eher so, daß sie Zeit verloren? Gelebte Zeit?

Dünn besiedelt schien das Land, fast ohne Menschen. Slowenien, ein Name, der nichts in ihm auslöste. Nicht einmal Neugier. Wie ein Blinder gehst du durch die Welt, seit einigen Wochen schon, einer, der nichts wahrnehmen will, einer, der zwischen den Zeiten oder außerhalb der Zeit lebt.

Was machst du?

Was suchst du?

Schon bald mußte er an einer weiteren Zollstelle anhalten. Vielleicht hatte er nur aus der Erinnerung an seine Hilflosigkeit nie in diese Gegend fahren wollen. Er hatte damals in einem einsamen Sommerrefugium, in dem ihn die Schreckensnachrichten erreichten, über diesen Krieg schreiben wollen. Und er war, trotz einer kurzen Reise, die er dorthin gemacht hatte, um die Ereignisse vor Ort in Augenschein zu nehmen, kläglich gescheitert.

Wie Touristen waren sie, eine Gruppe von Journalisten, im Mietauto angereist, mit lockeren Sprüchen, von Zagreb nach Karlovac, wo sich dieses Flüchtlingslager befand, ein sicherer Weg, und doch gab es da dieses Gefühl von Abenteuer, von Verwegenheit; wie lächerlich.

Die Straße zwang ihn erneut zu langsamem Fahren.

Die Fahrtluft, die durchs offene Fenster drang, war schon wieder heiß und klebrig; manchmal hielt er in einem der kleinen Dörfer an, machte ein paar Schritte. Kaum je waren Menschen zu sehen, selten ein Laden, es gab kein Café oder Restaurant, nur die Hitze stand zwischen den Häusern.

Wieder fielen ihm Sätze ein, die er Simone hätte sagen wollen, Fragen, die er ihr hätte stellen wollen.

Er parkte das Auto am Straßenrand, schloß ab und machte ein paar Schritte landeinwärts. Der schmale Feldweg war von tiefen Karrenspuren gezeichnet, in der Luft hing ein leises Zischen. Eine Echse bewegte sich langsam über den staubigen Grund; sie wirbelte feine Wölkchen auf und hinterließ winzige Furchen im Sand. Immer wieder hielt sie still, drehte den Kopf erst zur einen, dann zur anderen Seite, und schob sich dann weiter voran. Er verfolgte ihre Bewegungen, bis sie verschwunden war.

Eine gelbe Blechtafel zeigte die Richtung an, noch zwölf Kilometer bis Opatija. Er würde bald da sein, sich im Hotel Mozart ein Zimmer nehmen: Einkehr in Alt-Österreich. Das Mahler-Zimmer. Die Schönberg-Suite. Die Werfel-Kammer. Er würde warten müssen.

Er hörte das schnarrende Geräusch seines Handys, eine Kurzmitteilung:

Wo bist du? Was siehst du? Bin mit dir. S.

Er las zweimal, tippte die Buchstaben ein:

Einer Echse zugesehen, eine Spur im Staub, schön. Bald im Hotel. Und immer in Gedanken. D.

Das Hotel schien trotz der Jahreszeit nicht sehr belegt. Noch immer fänden sich nur wenige Gäste ein, klagte der Angestellte an der Rezeption, eine Folge des Krieges.

David bat um den Schlüssel. Er richtete sich im Zimmer so ein, daß er arbeiten konnte; er stellte den Tisch ans Fenster, belegte ihn mit Büchern und Notizen. Er wollte regelmäßig arbeiten, am besten in den Morgenstunden.

Später spazierte er den Uferkai entlang, der den Namen des Kaisers Franz Josef trug.

Das Meer war seltsam ruhig, kaum ein Wellenschlag erreichte das steinige Ufer.

David las noch einmal die kurze Meldung auf dem Display und nickte.

Vor ihm öffnete sich eine Treppe, hinunter ans Wasser, rohes Kopfsteinpflaster. Er setzte sich auf die Stufe, auch hier der Eindruck der Verwahrlosung, des Zerfalls, als könne sich niemand dazu aufraffen, zu einem Leben im Frieden zurückzukehren.

Er sah zwei unscheinbaren Vögeln zu, die über die vermooste Treppe stolzierten und sich immer wieder die Schnäbel zuwandten, als führten sie ein intensives Zwiegespräch.

Worüber hatten er und Simone in der vergangenen Nacht gesprochen?

Wußte er, was sie wollte?

Er befand sich ständig, auch hier in der Kvarner Bucht, in einem Zwiegespräch mit ihr, ereiferte sich, gestikulierte, als wäre sie wirklich da und hörte ihm zu.

Sie würde kommen.

Er sprang auf, ging mit schnellen Schritten den Strand entlang, wo kleine Gruppen von Menschen, alte Leute vor allem, am Wasser standen und redeten oder einfach aufs Meer hinausstarrten; zuweilen begannen sie zu winken, als ob draußen ein Schiff vorüberziehen würde. Aber da war nur das Meer, und der Wind.

Er verließ den Kai und kehrte auf der Hauptstraße zurück. Ein Hotel reihte sich ans andere, kein Licht war in den Fenstern zu sehen. Die meisten Hotels schienen seit Jahren geschlossen, Abfallhaufen türmten sich, der Verputz bröckelte, dahinter standen, hangaufwärts, Villen, die seit fernen Zeiten vor sich hindämmerten, reglos, als verbärgen sie ein Geheimnis.

Im Zimmer kontrollierte er, ob das Telefon funktionierte, legte auch sein Handy auf den Nachttisch.

Nach einem Glas Rotwein und einer halben Tablette fiel er in einen unruhigen Schlaf.

Er hörte wütendes Hundegebell; die Tiere mußten ganz nahe sein, klangen irgendwie ineinander verkrallt. Er lehnte sich gegen das Geländer der Terrasse; der Kai war menschenleer. In dem kleinen Restaurant gegenüber flackerte ein Neonlicht. Er las immer wieder den Namen: Kamelija. Kamelien und Hamelia. Ein unvergleichlicher Duft stieg in seine Nase. In Ines' Garten hatte eine Hamelia gestanden, jedes Frühjahr hatte diesen Duft gebracht, und er hatte sich für Augenblicke etwas Verborgenem nahe geglaubt.

Wieder schreckte ihn Hundegebell auf. Er sah jetzt die Tiere als lange Schatten über den Kai jagen. Ein Motorrad knatterte.

Dann war wieder alles still.

Er schloß die Zimmertür hinter sich und trat in den Korridor hinaus. Erst jetzt fiel ihm auf, daß wirklich alles in Rosa gehalten war, die Teppiche, die Wände, die Türen: Altrosa oder sollte er sagen: Mozartrosa? Und ständig diese Mozartberieselung, ein Endlosband: zum Frühstück ein Violinkonzert, beim Abendessen die Sinfonia concertante.

Er trat durch die Tür, überquerte die Straße und bog in den Uferkai ein; er blieb gleich wieder stehen, als hindere ihn etwas am Gehen.

Vielleicht würde sie nie in dieses Hotel kommen.

Er würde in jedem Fall eine Weile hier bleiben, jeden Tag das Meer entlang gehen oder in die Berge hinauffahren, mit offenen Augen.

Du machst dir zu viele Gedanken. Laß doch einmal etwas sich entwickeln.

Hatte Simone das auch gesagt?

Er nickte, lauschte in die Nacht hinaus, deutlich war jetzt das Aufklatschen der Wellen zu hören.

Du wirst hier bleiben, sagte er sich. Und morgen wirst du arbeiten.

21

Simone kam nicht.

Stunden hatte er im Zentrum von Rijeka verbracht, unten am Hafen, am Zabica, wo der Bus-Terminal sich befand. Er wußte, sie würde mit dem Shuttlebus aus Zagreb kommen, in den nächsten Tagen. Aufs Geratewohl und im Wissen, wie unsinnig das war, er war ja erst seit ein paar Tagen da, fuhr er von Opatija schon mal ins Zentrum von Rijeka, suchte den Platz, auf dem die Busse eintreffen würden. Er schritt die Hafenstraße ab, ging zum Bahnhof, studierte die Ankunft der Züge. Er schaute sich in der Altstadt um, betrachtete die Uhr am Stadtturm, warf einen Blick auf die Markthalle, die Kirche. Er verweilte nirgends, kehrte rasch um, ging wieder hinunter zum Hafen und zum Bus-Terminal. Natürlich hatten die Busse Verspätung, aber auch mit verspäteten Bussen kann man ankommen.

Simone kam nicht. Natürlich nicht.

Und er verlor sich im Verkehr, der aus der Stadt hinaus in die Vororte führte, er landete irgendwo im Häusermeer, das sich von der Küste hangaufwärts zog. Er hatte eine verklärte Vorstellung von Fiume als italienischem Außenposten gehabt; was heute Rijeka hieß, war eine lärmige, verkehrsgeplagte Hafenstadt, die zur Weiterfahrt bewog.

David nahm seine Arbeit wieder auf: studierte die späten Kompositionen, beschäftigte sich mit Lulu, las den Briefwechsel mit Wiesengrund, nahm Bergs Begeisterung für Fußball, schnelle Autos und Zigarren zur Kenntnis, wunderte sich über Bergs Versuch, bei der Bürokratie des österreichischen Tabakmonopols das Recht für die Lancierung einer Volkszigarre mit dem Namen seiner Oper Wozzeck zu erreichen. Ein Künstler mit Selbstvertrauen und Geschäftssinn.

David machte Ausflüge: an der istrischen Küste entlang und ins Innere der Halbinsel, wo ihn die halbverlassenen und beinahe verfallenen Orte faszinierten. Er spazierte durch das menschenleere Graćišće, sah nur bröckelnde Fassaden, von Grün überwuchert; auf den Gehwegen wuchs Gras. Er erschrak, wenn er irgendwo Schritte hörte, eine alte Frau sich näherte oder ein Greis in einem seltsam klingenden Italienisch das Wort an ihn richtete. Er nahm auf, was er sah, den Dorfplatz, die schlurfenden Frauen, eine Reklametafel für Süßgetränke aus den fünfziger Jahren, Hundegebell.

Er fuhr hinein in die noch immer vom Krieg gezeichneten Gebiete Kroatiens und Bosniens, in die Lika, ins Tal der Korana, der Glina und der Una. Er hielt sich an die Namen der Flüsse, die ihm noch am unverfänglichsten erschienen, während die Namen der Orte die Grausamkeiten in Erinnerung riefen, die aus ihnen berichtet worden waren: Jajce, Vitovlje, Tomašica.

Er sah die zerstörten Häuser, die zerbombten Dächer; er ging durch die menschenleeren Dörfer.

Er hielt seine Beobachtungen fest, in kurzen, einfachen Sätzen. Das eine oder andere Mal sprach ihn jemand in gebrochenem Deutsch an. Er notierte sich kleine Episoden, obwohl er nicht wußte, ob er sie je verwenden könnte. Warum hatte er damals nicht über seine Beobachtungen schreiben können, nicht mal über seine Fahrt von Zagreb nach Karlovac, nicht über das Flüchtlingslager?

Warum war er außerhalb von dem geblieben, was er wahrgenommen hatte? Selbst wenn er seine Beobachtungen festgehalten hatte, klangen seine Sätze fühllos, als gingen sie nicht einmal ihn selbst etwas an.

Du bist nicht drin, hatte Ines einmal gesagt. Sie hatte auch seine Entscheidung lächerlich gefunden, keine Artikel mehr zu schreiben. Er hatte heftig widersprochen, obwohl er damals nicht begriffen hatte, was sie meinte. Ines hatte während des ganzen Krieges den Kontakt mit einer Bekannten in Belgrad aufrechterhalten. Er hatte sich bloß ereifert und den Journalismus überhaupt in Zweifel gezogen. Ines hatte das kokett genannt. Nach dem Streit, der darauf folgte, war sie gegangen, endgültig. Und er war krank geworden, ein Notfall, als sei mit Ines alles entschwunden, auch der Blick für das, was um ihn war, die Menschen, die Räume, die Dinge.

Seltsam, daß er ausgerechnet in dieser Landschaft Simone treffen sollte. Hatte sie ihn in einer bestimmten Absicht in diese Gegend gelockt?

Es kamen Nachrichten von ihr; auch sie war unterwegs, in Sarajevo, in Zagreb, sie gab Liederabende, Konzerte. Ein italienisches Programm habe sie eben mehrmals gesungen, teilte sie mit, Caccini und Bellini, schon die Titel wie Malinconia, Ninfa gentile, La Pastorella hätten Klang, La Conocchia von Donizetti, vielleicht kenne er die Melodien oder die Texte, Tu ch'hai le penne, Amore?

Die Menschen lieben die Musik, sie hilft ihnen vielleicht zu vergessen.

Was gibt es Wichtigeres, als das Vergessen zu lernen? Bald bin ich bei dir. S.

Sie meldete Besprechungen, Auftritte. Aber ich werde kommen, so bald wie möglich, betonte sie, fragte nach seiner Arbeit, was er sonst so unternahm in dieser Stadt.

Und du, schreibst du wieder? S.

Seine Zweifel wuchsen, obwohl er keinen Grund dazu hatte. Er versuchte, seiner Arbeit nachzugehen, tagsüber gelang ihm das leidlich. Er setzte sich mit Bergs frühen Jahren auseinander, las über die Donaumonarchie, die er geliebt und bewundert hatte. Er freute sich, wenn er plötzlich ganz bei diesem Komponisten war, in seinem Sommer, in seinen Tönen. Seinem Lieben. Im Lesen und Schreiben schlüpfte er dorthin, hinein, in andere Zeiten, in andere Menschen, in andere Leben. Immer öfter verlor er sich in der Arbeit, vergaß sich und Simone.

Aber dann waren da auch wieder die andern Augenblicke, ein jähes Erwachen, ein Riß.

Er erblickte Simone in unzähligen Bildern; er fürchtete, daß sie wieder in die Arme eines anderen, dieses anderen getrieben und ihm so bedingungslos folgen würde wie damals.

Ich liebe das Abenteuerliche, hatte sie einmal gesagt.

Wovor hast du Angst, fragte er sich.

Hast du Angst um sie, um dich, um euch beide?

Es half wenig, wenn er sein Zimmer verließ und unter Leute ging; wohl war er für Augenblicke abgelenkt, aber auch inmitten der Menschen erwachte wieder ein Bangen. Seine Phantasie schuf neue Wirklichkeiten:

Straßen, Plätze, Hinterhöfe entstanden, dunkel, unheimlich, zwielichtig. Er sah Simone schlendern, ausgelassen manchmal, dann wieder suchend wie jemand, der noch immer unterwegs ist. Für ihn wurde es dann zur Gewißheit, daß sie noch in einer andern Welt lebte, die sie davon abhielt, seine auch nur zu berühren.

Er begriff nicht, warum sie nicht auf schnellstem Weg zu ihm eilte –

Sie wäre da, ihr Gesicht, ihre Hände, ihre Stimme. Sie würde erzählen von einer Reise, einem Konzert, von Freundinnen, die sie besucht hatte. Es klänge alltäglich, selbstverständlich, und er würde zurückfinden in den Tag, in die Ruhe, vielleicht gar in die Zuversicht.

Ein Schauder erfaßte ihn, als er hinter Senj in die scharfkantigen, abweisend grauen Karstfelsen hineinfuhr und nach kurzer Fahrt die Lika erreichte. Eine schmale Straße führte in ein karges Land, eine Hochebene in Gelb- und Brauntönen, fast ohne Vegetation, schartig rauher Boden. Manchmal hielt er an, stieg aus, fand sich völlig allein in dieser sandigen Ebene zwischen den Hügeln.

Hie und da tauchte eines dieser kleinen Dörfer auf, die Häuser verlassen, viele gesprengt oder zerschossen, ein verstepptes Gelände, in dem selbst die Ortstafeln von Schüssen durchlöchert waren.

Manchmal blieb er im verwüsteten Gelände stehen, sah die Fahrzeuge, die vor sich hinrosteten, inmitten von Feldern, die durch Fahrspuren aufgerissen, durch ausgehobene Gräben und Wälle verunstaltet waren.

War das ihre Landschaft?

Er dachte öfter daran abzureisen, ohne Nachricht. Sich davonzustehlen. So hatte er es immer gemacht: auf Enttäuschungen antwortete er mit Rückzug, ließ nichts mehr von sich hören, war nicht mehr zu erreichen.

Zeig dich einmal wütend.

Ines hatte ihn vergeblich geschüttelt.

Sollte er abreisen?

Er tat es nicht.

Er fuhr nach Lovran. Aus purer Langeweile, sagte er sich und fuhr zunächst trotzig am großen Hospital vorüber, einem weißen Bau, hoch über der Bucht. Er durchstreifte den kleinen Ort, setzte sich unten am Strand auf die hohe Mauer und sah zwei Männern zu, die ein Boot reparierten. Ein kaltes Grau, dachte er, betrachtete die Häuserzeilen, die hangaufwärts angelegt waren und der Stadt ein mittelalterliches Gepräge gaben, eng verwinkelte Gassen, alte Hotels mit geschlossenen, angefaulten Fensterläden, Palmen, vereinzelt Bananenbäume, ein südliches Land in einem großen Schlaf, dachte er.

Fahr doch nach Lovran, ins Hospital.

Er zögerte.

Was wollte sie ihm sagen?

Leicht trotzig stampfte er auf.

In dem Augenblick kam eine junge Frau mit einem Kind auf die Kaimauer zu. Sie setzte das Kind an den runden Steintisch, gab ihm Stifte und Papier, während sie selbst zu rauchen begann. Das Kind schaute unschlüssig umher, es winkte einem Vogel nach, deutete mit dem ausgestreckten Zeigefinger auf ein Fährboot, das in Ufernähe vorüberglitt. Die Frau rauchte in hastigen Zügen, achtete kaum auf das Kind; sie trug kurzgeschnittenes Haar, saß leicht vornübergeneigt auf der Steinbank, ihr Gesicht verriet Ungeduld.

Immer wieder schaute das Kind umher, mal blieb sein Blick auf die Häuser gerichtet, dann aufs Meer. Mit dem einen Arm deutete es auf ein Haus, streckte dann beide Arme nach den vorüberfliegenden Vögeln aus, wandte sein Gesicht der Mutter zu, fragend. Aber die Mutter reagierte nicht, sie schien ein Rätsel zu lösen.

David blickte gebannt auf die Mutter und das Kind, am liebsten hätte er sich zu ihnen auf die Steinbank gesetzt.

Während die Mutter ganz in ihr Heft vertieft war, kaum aufschaute, blickte das Kind nach allen Seiten, wies mal mit dem Finger, mal mit dem Stift in eine bestimmte Richtung. Plötzlich lachte es laut, deutete auf die Vögel, konnte sich kaum erholen vor Lachen.

Die Mutter schaute es kurz an, verwundert, wandte sich aber rasch wieder ihrem Heft zu.

Das Kind lachte weiter, schaute auf. Die Vögel kreisten noch immer über ihm. Plötzlich ergriff es einen Stift und zeichnete, rasch und mit festen Strichen, die das dünne Papier durchbrachen.

David saß noch immer auf der Kaimauer, sah unentwegt, schräg von hinten, auf die Mutter und das Kind, das ganz in seine Zeichnung vertieft war. Manchmal wechselte es den Stift, sah auf, zu dem Haus, zum Meer, zeichnete, blickte in den Himmel, folgte den Möwen, die immer wieder im Tiefflug heransegelten.

Einmal hielt das Kind inne, stupste die Mutter an, zeigte ihr die Zeichnung. Die Mutter nahm das Blatt, blickte drauf, für einen Augenblick verlor ihr Gesicht den Ausdruck der Hast, sie lachte. Das Kind wies mit dem Zeigefinger auf die gezeichneten Gegenstände. David näherte sich, blieb hinter dem Kind und der Frau stehen, grüßte.

Die Frau grüßte zurück, in gebrochenem Deutsch. Das Kind streckte David die Zeichnung entgegen.

Kuća, sagte das Kind, Haus, übersetzte die Mutter. Das Kind zeigte mit dem Finger auf die Zeichnung, dann auf das Haus, von dem es offenbar ausgegangen war.

David nickte.

Brod, sagte das Kind, Schiff, übersetzte die Mutter. Das Kind umkreiste mit dem Finger das Schiff auf dem Blatt, ein zu groß gewordener Halbkreis mit einem Masten, und deutete dann auf ein nah am Ufer vertäutes Boot.

Wieder nickte David.

Das Kind lachte, klatschte die Hände zusammen, wies nun mit beiden Händen nach oben auf die kreisenden Vögel, senkte den ausgestreckten Zeigefinger, wie ein Vogel im Sturzflug, direkt auf das Blatt, durchbohrte es beinahe. Wieder patschte das Kind die Hände zusammen, deutete in rascher Folge auf das Haus, das Schiff, die Vögel und dann wieder auf sein Blatt. Es streckte dieses zuerst der Mutter, dann David hin.

Schön, deine Zeichnung, sagte David.

Die Mutter übersetzte dem Kind die Worte. Das Kind schlug wieder die Hände zusammen, deutete nochmals auf das Schiff, auf das Haus, auf die Vögel und dann auf das Blatt und sagte ein Wort.

Alles, übersetzte die Mutter, alles gefangen.

Alles, wiederholte David, alles.

Das Kind streckte David die Zeichnung entgegen.
Nehmen Sie, sagte die Mutter.
David dankte, hielt das Blatt in den Händen.

Wir müssen gehen.

Die Frau reichte David die Hand und ging langsam mit dem Kind davon. Er trat, mit dem Blatt in der Hand, näher ans Wasser. Überdeutlich sah er jetzt das Gekräusel der Wellen im Sand, ein Papier, das vom Wasser aufgebläht wurde, eine Blechdose, ein Fetzen Tang. Das vertäute Boot schwankte leicht.

Einen Augenblick dachte David daran, die Zeichnung des Kindes zu ergänzen, hinzuzufügen, was er jetzt sah.

Er ließ es bleiben.

Zum erstenmal seit Wochen fühlte er Leichtigkeit, schwerelos schienen ihm die Dinge, die er sah, ihm war jetzt, als wären sie leicht zu fassen und festzuhalten, das Haus, der Sand, das Meer.

Er blieb stehen, nichts trieb ihn an, als wäre endlich Ruhe über ihn gekommen. Verweilen. Er würde, wenn er wollte, auch Worte finden für das, was er sah: die Wellen, die jetzt langsam heranrollten mit weißlich gestriemten Kronen von Schaum. Er machte ein paar Schritte; eine Welle rollte über seine Schuhe, näßte das Leder, färbte es dunkel ein, ein matter Glanz, dann die Kühle des eindringenden Wassers auf der Haut, er zuckte leicht zusammen, lachte dann; er beugte sich über einen Kiesel neben seinem Schuh, ergriff ein Stück Holz, das angeschwemmt kam; er hielt Kiesel und Holz in den Händen, schaute sie an, die feine Äderung des Kiesels, die ausgespülten Dellen im Holz.

Er müßte nicht mehr in dieses Hospital; er sah genug.

Er drehte sich um; die Mutter entfernte sich langsam mit dem Kind, das jetzt mit den Händen auf die Straße deutete. Er versuchte den beiden zuzuwinken, doch sie sahen ihn nicht; er rannte los, gab dem Kind den Stein und das Holz.

Es lachte, grüßte.

David kehrte zur Ufermauer zurück.

Er schrieb an Simone:

Das Haus. Das Boot. Die Vögel. Alles da. D.

Als er weiter den Strand entlangschlenderte, war ihm, als begännen die Worte in ihm zu wachsen, wüchsen fort in diese einbrechende Nacht hinaus.

Er wüßte jetzt, was zu tun sei.

Er blieb stehen, stützte die Arme auf der Kaimauer ab und starrte aufs Meer, das jetzt kaum von Wellen bewegt war. Ihm schien, als tauchte aus dem Dunkel das Gesicht des Kindes auf, seine patschenden Hände.

Auch sie kam langsam heran: Simone. Sie war da, ganz nah.

Sie blieb fern.

Die Erwartung wuchs, ein großes Zimmer, sehr leer. In diesem Augenblick empfand er so stark wie nie zuvor den Wunsch, oder hätte er es schon eine Sehnsucht nennen müssen, ihr entgegenzugehen, immerzu.

Er spazierte und schrieb jetzt viel.

Tage später erreichte ihn ein Brief.

Lieber David,

ich muß endlich auch von Lucy reden. Sie starb in jener Zeit, als ich von meinem Mann erst wenige Wochen getrennt war. Die Gründe kennst Du. Sie war grad fünf geworden, im ersten Kindergartenjahr. Es war ein Unfall, wie er sich täglich auf unsern Straßen ereignet, auf dem Fußgängerstreifen von einem Auto erfaßt, ein Unfall, der auf dem Weg in den Kindergarten hätte passieren können. Aber sie war auf dem Weg von meiner Wohnung zu der meines Mannes. Und dieses eine Mal war Patrick nicht dabei. Ich hatte Lucy noch ein Stück begleitet, aber nicht bis zum Haus meines Mannes, er wollte mich nicht sehen in jener Zeit.

Bis heute höre ich die Sätze »Wärst du nicht ausgezogen ...«, »Wärst du diesem Mann nie begegnet ...«

Frank hat diese Sätze immer für mich bereitgehalten, und ich kann es ihm nicht einmal übelnehmen. Auch er war verzweifelt, gekränkt durch meinen Ausbruch, zutiefst getroffen durch Lucys Tod.

Zögern hat auch mit Angst zu tun.

Hanna Fuchs blieb bei ihren Kindern. Und Berg bei der Musik. Entsagung. Oder Verrat? Haben nicht auch die ungelebten Möglichkeiten eine Wirklichkeit?

Simone

22

Er verließ den Stephansdom, überquerte die Singerstraße und ging, nach kurzem Zögern, die Seilergasse hinunter, eiligen Schrittes; er schaute nicht rechts und nicht links, schon ganz in Gedanken.

Niemand am Neuen Markt, leer die Haltestelle, sonderbar um diese Tageszeit.

Die Werfels fahren zum Jahresende nach Prag, hatte Helene gesagt.

Die Neunundfünfzig ruckelte schon nach wenigen Minuten heran. Zum Glück, dachte er und stieg ein.

Er war froh, daß kein Bekannter grüßte.

Noch einmal einen Brief an Hanna schreiben, ein letztes Mal? Dezember, der vierzehnte schon. Wünsche fürs kommende Jahr nach Prag schicken?

Hatte er noch Wünsche?

Er setzte sich, schlug die Beine übereinander, nahm seinen Schreibblock aus der Tasche. Und schon war der Stift auf dem Papier.

Monate haben wir uns nicht gesehen, und ich habe Dich dennoch nicht vergessen. Wie könnte ich auch. Als ich das letzte Mal Deine Hand drückte, war mir, als sei ich zurückversetzt in die Zeit unseres ersten Zusammenseins in Prag-Bubeneč.

Er sah hinaus. Überall diese Fahnen, auch vor der Staatsoper. Ihm gefiel dieser Führer nicht. Davon wollte er nicht schreiben, nur über sie beide.

Unser letztes Wiedersehen. Denkst Du manchmal daran zurück? Im Mahler-Zimmer auf der Hohen

Warte, vor anderthalb Jahren, es war wieder Mai. In unserer Liebe waren immer die Maitage wichtig. Weil an einem Tag im Monat Mai unsere Liebe begann, damals in Prag-Bubeneč. Ist das wirklich schon zehn Jahre her? War das nicht gestern? Sag. Sag schon.

Ein wahrer Schüttelbecher, diese Elektrische, aber Hanna kannte seine verzitterten Briefe. Würde Alma den Brief auch wirklich überbringen? Ich versteh dich nicht, hatte sie neulich gesagt, immer noch Briefe, nach all den Jahren, du rennst etwas nach, das keine Erfüllung findet.

Alma hatte dafür kein Verständnis.

Verstand er es selber? Warum schrieb er noch immer? Ihr nahe sein in den Worten? Waren die Briefe nicht auch Erfüllung, auch Liebe?

Kämest Du jetzt, wir sprächen, als hätten wir gestern miteinander gesprochen, Du würdest von den Kindern erzählen, Dodo muß schon vierzehn sein, eine junge Frau. Dir ähnlich?

Wenn Du jetzt kämest, ich würde Dein Lachen hören wollen. Du kommst nicht, ich weiß.

Er legte den Schreibblock auf die Knie. Fast immer hatte er im Zug an Hanna geschrieben, im Bus manchmal, in der Elektrischen. Er sah auf: Kaiserstraße. Hanna kam nicht. Ihm blieb die Arbeit. Nochmals für sie schreiben? Ihr erzählen von seinen Projekten und Plänen? Er nahm den Stift.

Kennst Du Bachs »Es ist genug«? Es bildet den Schlußgesang der Kantate zum 24. Sonntag nach Trinitatis. Ein Zwiegespräch zwischen Furcht und Hoffnung, vielleicht auch Sehnsucht nach dem Tod. Wie oft möchte ich selber ausrufen: Es ist genug. Nur noch

Seufzerquinten schreiben. Wie Mahler in der neunten.

Ist es noch immer nicht genug? Solange die Hoffnung besteht, Dich noch einmal zu sehen? Ist es das, was mich weitergehen läßt?

In fünf Wochen wird in Prag meine Symphonie aufgeführt, wenn Kleiber in Prag dann noch dirigieren darf (im Reich ist das nicht mehr möglich). Auch ich gelte inzwischen als Komponist entarteter Musik. »Unsere« Suite darf nicht mehr aufgeführt werden, als wollten sie uns bestrafen, unsere Liebe.

Für einen Augenblick schloß er die Augen. Sollte er selber nach Prag fahren? Hanna noch einmal begegnen, aber auch Herbert? Er hörte jetzt den Lärm von draußen. Sie marschierten wieder. Und er saß in dieser Elektrischen und schrieb. Schrieb er überhaupt an Hanna oder nur für sich? Prag? Er überflog die geschriebenen Zeilen. Würde Hanna das lesen können? Würde sie es überhaupt lesen wollen? Nicht fragen, schreiben, sagte er sich.

Du und ich noch einmal in Deinem Prag, in unserem Prag, auf dem Belvedere-Plateau, beim Schlendern durch die Kronprinz-Rudolf-Anlagen oder beim Tee im Café Imperial? Wirst Du da sein? Die Lulu-Symphonie in Prag. Und wir dabei. Wie damals. Du neben mir.

Es wäre naheliegend.

Aber in unserer Liebe gab es nichts Naheliegendes.

Hätte ich Lulu schreiben können, ohne an Dich zu denken? Mein Versuch, Dir nahe zu sein. Bloß ein Wunsch. Wir hatten nie Wünsche frei. Nicht mal einen.

Selbst in jenem Sommer überm See in Velden, als wir Haus an Haus wohnten, nah wie nie zuvor, trennte uns die Welt, die uns umgab; später, im Winter, suchte ich die Orte auf, an denen Du geweilt haben könntest, als wären unter der dünnen Decke von Schnee die Abdrücke Deiner Füße noch zu sehen. Ich ging den Weg vom Haus talwärts, den Du im Sommer jeweils gegangen warst, hielt an der Stelle, wo man den See überblickt und die Ufer weit scheinen, als wäre man am Meer. Ich habe festgefrorene Tritte entdeckt, welche die Deinen sein könnten, und bewahre mir den Glauben, daß sie es waren, Zeichen für die Wege, die Du gegangen bist, allein, vielleicht manchmal mit Deinen Kindern.

Da hast vielleicht hinübergeschaut zu mir, zum großen Fenster, an dem ich ratlos stand. Oder bangend. Wohl öfter bangend.

Er zuckte zusammen. Wieder die Schmerzen. Sie waren jetzt häufiger da. Ein Schauder, der den Körper überflog. Müßte er jetzt von der Müdigkeit sprechen, die ihn überkam, manchmal schon am frühen Morgen, und er wünschte sich dann, der Tag wäre zu Ende, noch ehe er begonnen hatte.

Zehn Jahre wie ein Tag; bald würde er wiederkommen, dieser zwanzigste Mai. Rasch griff er nochmals zum Stift.

Wirst Du an den Jahrestag unserer Liebe denken, an diesen unvergleichlichen Maitag?

Ist da ein ferner Gott, der über uns wacht? Und sich manchmal als gnädig erweist?

Wirst Du Dich noch einmal an jene Augenblicke erinnern, in denen Du wirklich mein Eigen warst?

Ist nicht auch die Unterlassung, besonders in der Liebe, ein Vergehen, für das uns das Leben bestraft?

Auf den Straßen singen sie wieder. Was sie eben ihr

Singen nennen. Jeden Tag, jeden Abend. Jetzt sind wir dran, glauben die. Schlagen dem Rosenbaum die Scheiben ein. Das Land ist unser, schreien sie, treudeutsch und großdeutsch, für Führer und Reich.

Wohin soll ich?

Ich lebe seit fünfzig Jahren in diesem Land.

Und bei Euch in Prag? Wollen sie da auch heim ins Reich?

Sie singen in meinen Schmerz. In die Müdigkeit. Ohne Dich ist nichts in Ordnung. Die Welt nicht und nicht die Musik.

Und immer wieder ist da diese Müdigkeit.

Musik. Briefe schreiben. Auf Antwort warten. Warten.

Das Warten auf Deine Zeilen. Warten seit jenem Tag in Prag-Bubeneč, warten, daß Du kommst.

Er steckte jetzt seinen Stift ein, schloß die Augen. Könnte er ihr Gesicht noch beschreiben? Ihr Haar? Ihre Haut? Würde sie im kommenden Jahr, am 20. Mai 1935, wenigstens an diesem Tag, an ihn denken? Tue dies, Hanna, möchte er ihr zurufen.

Jagdschloßgasse. Er hätte längst aussteigen müssen.

23

Nach weiteren vier Tagen und vier Nächten erreicht ihn eine SMS:

Ich bin auf dem Weg und schon bald bei dir. S.

Diesmal entsteigt sie am Bus-Terminal Zabica wirklich dem kleinen Shuttle-Bus aus Zagreb. Er mustert sie wie eine Fremde, mißtrauisch, argwöhnisch, als sei sie in einer andern Welt gewesen.

Ob sie gleich wieder fahren solle, fragt sie, als sie sein Gesicht sieht.

Sie komme spät, man könne auch zu spät kommen.

Er sieht sie von der Seite an. Als sie ihn zu berühren versucht, weicht er zurück.

Sie gehen ein paar Schritte am Meer entlang und setzen sich nah ans Wasser, Kleinhändler haben ihre Tücher ausgebreitet. Weit draußen gleitet langsam ein Frachter vorüber, wie in Zeitlupe.

Ob er sich noch an ihren gemeinsamen Spaziergang am Fluß erinnere, der Tag mit dem gegen die Strömung watenden Reiher im Ufersand und hinter ihm die Felsen über dem Ufer, die eine kleine Schlucht gebildet hätten.

Er nickt erstaunt.

Er habe die Schlucht die Kehle des Dionysos genannt, eine Name, über den sie habe lachen müssen, ihr seien damals unvermittelt die Worte Gola della donna durch den Kopf gegangen, ihr sei der Felsen wie ein aufreizend gespreizter Frauenschoß vorgekommen. In diesem Augenblick habe sie Lust verspürt, mit ihm zu schlafen, gleich auf der Stelle, mitten am Tag.

Langsam rollt ein großer Ball über den Platz, an den Schachspielern vorbei, stößt an die Knöchel einer Frau, die vor Schreck aufschreit.

David sieht Simone verwundert an.

Sie habe damals nichts geäußert, nicht mal eine Regung sei ihr anzumerken gewesen.

Sie schlägt die Augen nieder.

Für einen Augenblick lachen sie beide.

Das hochgesteckte Haar nimmt ihrem Gesicht die Strenge.

An jenem Tag hätte sie zum ersten Mal bei ihm bleiben wollen, sagt sie, es sei seit langer Zeit das erste Mal gewesen, daß sie wieder den Wunsch verspürt habe, mit jemandem zu sein.

Von der nahen Kirche schlägt die Glocke, Tauben flattern auf.

Aber ich habe auch gleich das Lastende gespürt, mich gefragt, was du von mir hältst.

Sie tippt ihn leicht an.

Ob du mich gar als zickig empfindest, als unentschlossen und widersprüchlich, eine von diesen Frauen, die nicht wissen, was sie wollen.

David schüttelt den Kopf.

Immer mehr Menschen strömen auf den Platz, stehen überall in kleinen Gruppen, meist eng aneinandergedrängt.

Simone streckt die Beine aus.

Ich bin froh, daß ich dir geschrieben habe, schreiben fällt manchmal leichter als reden.

Laß uns aus Rijeka hinausfahren, bittet sie, die Stadt ist zu unruhig, zu lärmig. Fahren wir nach Opatija oder an den Kieselstrand von Medveja, vielleicht gibt es da watende Reiher, die sich den Wellen entgegenstemmen oder Seeungeheuer, die uns verschlingen.

Sie lacht.

Sie fahren über die Küstenstraße, trinken in einem Restaurant Wein, essen, ohne viel zu reden.

Machen wir ein paar Schritte das Ufer entlang.

Sie scheint plötzlich unternehmungslustig.

Das Meer wirft Wellen auf den Strand, Kämme und Buckel, die auf die rundgeschliffenen Kiesel kippen.

Sie bleiben immer wieder stehen, manchmal wendet sie sich ihm zu, nimmt seine Hand.

Und Berg, fragt er jetzt, hat er nicht die Jahre über einer vergeblichen Liebe verwartet? Und ist daran gestorben? Und von der Liebe bleibt nur Musik, ein kleines Stück Musik?

Sie kommt auf ihn zu.

Manchmal bleibt gar nichts.

Von Hanna meinst du, nichts, kein Brief, kein Tagebuch, nicht mal eine Beileidskarte.

Sie kauert sich wieder hin, hebt Kiesel auf, betrachtet sie, legt sie auf ihre Schenkel.

Vielleicht hat Hanna ihn geliebt.

Simone wirft Kiesel um Kiesel weg, die auf dem Wasser aufspringen.

Sie hat vielleicht gezögert, hat zum Stift, zum Telefonhörer gegriffen, seine Nummer gewählt, wieder eingehängt. Hat Kleider ein- und wieder ausgepackt. Ist ihm entgegengeflogen und wieder zurückgekehrt. Hat ihn erwartet, zitternd erregt, und hat dann die Tür nicht geöffnet. Hat gewünscht und gehofft und gebangt. War von Verlangen erfüllt, von Begehren getrieben. Tagelang. Wochenlang vielleicht. Zu ihm hin, von ihm weg. Und ist am Ende doch bei sich geblieben. Ohne Erklärung vielleicht.

Und warum?

Wer weiß das schon? Vielleicht, weil die Kraft fehlt, jener Übermut, der uns tatsächlich aufbrechen, tanzen und fliegen läßt. Oder weil man um die Vergeblichkeit weiß und verharrt, ein Stein, der keine Wucherungen mehr will.

Der Wind streicht über den Strand, rauht das Wasser auf, die Wellen rollen heftiger.

Ihr Gesicht scheint ihm jetzt fern, abgewandt.

Und du, fragt er jetzt, zögert, was wünschst du dir?

Sie scheint nicht auf seine Worte zu achten, geht tändelnd, beinahe tänzelnd, so kommt es ihm vor, weiter.

Irgendwann das Glück?

Der spöttische Unterton entgeht ihm nicht.

Irgendwann das Glück.

Er wiederholt es, ohne Fragezeichen.

Sie schaut ihm in die Augen.

Später folgt sie ihm ohne Widerstreben ins Altrosa des Hotels Mozart. Als sie das große Bett sieht, zuckt sie zusammen. Wieder glaubt er, ein Zögern wahrzunehmen, vielleicht gar Abwehr.

Er löscht das Licht und legt sich neben sie.

Als er gegen Morgen erwacht, ist es im Zimmer schon hell. Simone liegt, das Laken leicht über sich gezogen, auf der Seite. Er geht zum Fenster, öffnet es. Er stellt sich vor, dieser Duft würde nun über die Ziegeldächer hinwegschweben.

Ihnen bleiben noch zwei Tage. Dann will sie fahren. Es ist unsere letzte Station, sagt sie mit Nachdruck.

Sein in diesen zwei Tagen: wieder einmal baden im Meer.

Mit Bestimmtheit äußert sie diesen Wunsch.

Der Portier beschreibt ihnen einen Strand, westlich von Lovran, als den schönsten. Den haben Sie jetzt für sich allein, schmunzelt er und erzählt, daß vor dem Krieg sich manchmal Nudisten dort getroffen hätten, Deutsche vor allem. Aber der Krieg habe auch die Nudisten vertrieben, der Krieg habe alles vertrieben.

Sie fahren. Sie sammelt Steine und Muscheln, ausgewaschene Holzstücke, naß zerfaserte Schilf- und Pflanzenteile.

Sie erzählt, wie sie schon als Kind alles Mögliche gesammelt habe, besonders nach dem frühen Tod ihrer Mutter. Sie hatte ihre Mutter kaum gekannt, der Vater, ein besessener Maler, hatte wenig Zeit für sie, war dauernd unterwegs und überließ das Mädchen den Großeltern. Früh habe sie zur Musik gefunden. Stundenlang habe sie mit dem Großvater Musik gehört, er habe wunderbare Aufnahmen gehabt und habe sehr gut Klavier gespielt.

Mit ihm habe ich die ersten Lieder gesungen.

Großeltern sind ohnehin die besten Eltern, sagt sie.

Sie zeigt ihm einen besonders reich geäderten Stein.

Für dich, sagt sie, ganz einfach, für dich.

Mit Lucy und Patrick habe ich mich in eine richtige Sammelwut gesteigert. Du hättest unsere Wohnung sehen sollen, alles zugestellt.

Sie läuft in die Wellen hinein. Klatschnaß kehrt sie zurück, hakt sich bei ihm unter.

Sie finden den kleinen Strand, der fast völlig von hohen Felsen umgeben ist, einem grauen, scharfkantigen Gestein. Auch der Sand schimmert grau, von einem matten Blinken durchzogen, wie Splitter von Glas.

Laß uns zusammen hinausschwimmen, bittet sie.

Sie kommen auch am nächsten Tag an ihren Strand zurück, sie sprechen wenig, liegen in der Sonne, schwimmen weit hinaus, ziehen sich in ihre Stille zurück, verlieren sich ineinander.

Sie will noch einmal nach Zagreb fahren, sie müsse auch nach Sarajevo mit der Dottoressa Medovic. Es sind noch immer einige Verpflichtungen für die nächsten Tage in meinem Kalender, sagt sie entschuldigend. Aber danach habe ich fast zwei Wochen frei, Zeit für uns, wenn du willst. Wir können noch nach Bihać fahren und dann ein paar Tage ans Meer, Senj, Split oder Dubrovnik, was du willst.

David nickt.

Auch ich will arbeiten, die Geschichte zu Ende schreiben. Ich fliege nach Prag, vielleicht kann ich noch etwas herausfinden, die Straßen gehen, die der liebesbange Komponist gegangen ist.

Sie küßt ihn.

Erst als sie abgereist war, entdeckte er auf der Kommode, nahe bei der Tür, eine Anordnung sorgsam ausgelegter Steine, nach Formen und Farben zu einem Bild gefügt.

24

Dem Andenken eines Engels.

Das schrieb er gleich auf eines der Blätter, ohne viel dabei zu denken. Schon seit Februar lagen diese Entwürfe herum, lagen in diesem Meer von Papier, Skizzen, Anfängen, Ideen.

Nichts gelang.

Auch das andere Projekt kam über ein paar Zeilen nicht hinaus. Ein Violinkonzert. Ein Auftrag. Er bräuchte dringend Geld, da waren nur Ausgaben, Rechnungen, und nichts kam herein. Das Violinkonzert brächte Geld. Tausendfünfhundert Dollar. Er könnte Schulden tilgen und sogar wieder einmal einen guten Wein kaufen. Ein Konzert für Krasner. Bloß wie?

Alles zog zu Lulu. Endlich diesen dritten Akt abschließen. Zu Ende bringen, was seit Monaten, ja seit Jahren in ihm ruhte, unvollendet. Er wollte abschließen, Ankunft finden, Gelingen.

Warum schritt er so langsam, so zögernd voran mit jeder Arbeit, zweifelte, begann neu? Als traute er sich nicht ganz. Als hielte ihn etwas zurück.

Er war langsam. Keiner, der rasch ins Gelingen fand und fiebrig hinschrieb, als hätte ihm das ein Gott eingegeben, eine Muse vielleicht.

Ihn hatte nie eine Muse zu schneller Arbeit beflügelt. Fast alles hatte er aus sich herauspressen müssen, langsam und stockend. Sich selber überlisten. Mit sich ringen. So war es immer, fast immer, auch diesmal.

Nur einmal war das anders gewesen, nach jenen Maitagen in Prag-Bubeneč. Da hatte alles in ihm zu singen begonnen, einfach so, eine Stimme, ein Klang, weil da ein Gesicht war.

Dein Gesicht, Hanna.

Er starrte auf das Telefon, wünschte, es hätte nie geklingelt.

Ostermontag, 22. April 1935.

Um 14 Uhr 30 ist sie gestorben.

Bleich habe sie ausgesehen, unirdisch, durchsichtig wie nur Engel sind. Bleich und doch heiter.

Manon war tot.

Sie war auch unser Kind.

Er ging im Zimmer auf und ab.

Schon übermorgen würde die Beerdigung sein, auf dem Grinzinger Friedhof.

So eine Tochter hätte er sich gewünscht.

Blaß und bleich, gewiß, aber auch fröhlich, leicht wie der Vogel auf dem Baum, singend ja, lebhaft. Animato, schrieb er, espressivo. Und dann wieder still. Ein Kind mit vielen Gesichtern. Mutzi, ein Mädchen, eine junge Frau, leicht und schwebend immer, ein kleiner Vogel. Ein kleiner leichter Vogel, der hüpfte und sprang.

Und nun davongeflogen war? Für immer davon? Von allen davon?

Der Tod kommt unvermittelt.

Helene hatte schon recht, aber was half so ein Satz?

Und der eigene Tod? Wann wird er kommen? Am Tag? In der Nacht? Bei der Arbeit, im hellen Licht eines Nachmittags, in den trüben Schlieren einer Abenddämmerung?

Die Stimme klang nach, unentwegt: Manon war nicht

mehr da. Mutzi, der kleine Vogel. Alle hatten sie so genannt. Noch letztes Jahr in Venedig so übermütig fröhlich. Trotz der Krankheit.

Soll Helene an Alma schreiben.

Er konnte das jetzt nicht.

Diese Müdigkeit war wieder da, die Mutlosigkeit, die in ihm hockte, seit Wochen schon. Keine Aufführung mehr in Sicht. Sie waren jetzt der letzte Dreck. Krenek konnte nichts mehr tun. Und Furtwängler wollte nicht. Niemand konnte etwas tun.

Eine Musik für Manon? Dieses Violinkonzert für Manon? Ihre Gestalt noch einmal, ihre Gesichter, das fröhliche und das nachdenkliche, das stille und das von Freude bewegte. Mutzis Gesichter.

Dem Andenken eines Engels.

Er setzte das hin, auf das weiße Papier.

Unirdisch, schrieb er noch, bleich und heiter, und wieder: engelhaft.

Manons Bild, schon in die Ferne gerückt, das Gesicht wie hinter Gaze, schon immer, nicht nur in den Wochen der Krankheit.

Sie war tot. Ostermontag. Wer mußte da nicht an Passion denken. Aber auch ans Unerfüllte. An Träume und an Hoffnungen.

Wieder hörte er die Melodie, notierte: espressivo, vielleicht auch delicato, grazioso bestimmt, aber auch lebhaft, animato. Das könnte in ein Andante eingehen, den ersten Satz, der Manons Bild suchte, den Ton, Manons Ton. Auch das andere war da, das zu Manon gehörte, das Verspielte, das Leichte, wie der Vogel auf dem Baum.

Kleiner Vogel, so hatte er damals, vor vielen Jahren, Marie genannt. Auch sie war achtzehn gewesen, und er gar noch jünger, die erste Frau, die er geliebt hatte: Marie, das Mädchen, das im Hause der Eltern gedient hatte und seine erste Liebe geworden war, jung und unbekümmert wie Manon, auch so ein Vogel auf dem Zwetschgenbaum. Das Volkslied wollte er aufnehmen; come un pastorale, schrieb er aufs Blatt, bäuerlich einfach, rustico.

Wie Marie, damals.

Wie Manon.

Bilder, die Musik werden sollen.

Triolen, Sextolen, ein Tremolo –

Ruhig müßte der Beginn sein, Achtel und Viertel, Triolen, und immer weiter hinein in die Züge des Mädchens, die Gesichter, die unvergeßlichen Gesichter Manons, Maries. Dahinter Hannas Gesicht. Dodos Gesicht. Warum vergaß er sie nicht?

Mit einem Scherzando ins Allegretto, sehr wienerisch, die heiteren Gesichter, aber auch die stillen Momente Manons, ihr Schweigen, das langsam sich auftun konnte, als hätte die Stille Türen.

Ein außergewöhnliches Kind, sagte Alma oft.

Lieblich?

Triangel und Harfe vielleicht, die Violine mit einem Scherzando dazwischen?

Und dann das Verträumte, das war auch in der Ländlermelodie, das Tänzerische, Kärntner Volksmusik. Und mitten hinein das Tamtam, fünfmal, tief und dunkel, Klangsymbol des Todes, das so unvermittelt einfiel in diesen Tag, ins unschuldig klare Licht des Morgens.

Beendete, was unvollendet, was in den Anfängen, im Aufblühen begriffen war. Ein Mädchengesicht.

Und die eigene Müdigkeit? Wie wäre die zu benennen? Als Übermaß an Bildern vielleicht? Bilder, die nicht mehr verschwanden, sich übereinander legten, Gegenwart behaupteten.

Wenn die Bilder nicht mehr weichen, ist es spät geworden, dachte er, dann steht auch die Zeit, das Vergangene legt sich über das Gegenwärtige, die Zeiger halten still. Rücken nicht mehr vor. Auf keine Zukunft zu.

Was habe ich noch zu erwarten?

Meine Musik wird nicht mehr gespielt. Und in deinem Leben, Hanna, ist für mich kein Platz, auch nach all diesen Jahren nicht, ich weiß. Weiß es nur zu gut. Alles in mir wünschte, es wäre anders, es wäre da ein wenig Raum für mich, eine Nische vielleicht, eine Spanne Zeit in deinem Tag.

Aber da war kein Platz. Und da würde keiner sein. Das hast du mich immer wieder spüren lassen. Zehn Jahre lang.

Weggehen wie Schönberg. Fort von diesen Schreihälsen da draußen, die meine Musik nicht wollen. Fort. Aber das ist auch fort von dir, Hanna. Für immer.

Noch einmal mit dir reden, Manon, ein letztes Zwiegespräch, eines zwischen Furcht und vergangener Hoffnung, zwischen Müdigkeit und Auflehnung, noch einmal hinein in diese Bilder. Manon, das junge Mädchen, das so schwebend leicht getanzt hatte, Marie, die gegangen war, am frühen Morgen, mit trotzigem Gesicht, sich noch einmal umgedreht hatte, denk an das Kind, hatte sie gesagt, unser Kind. Der Bachchoral jetzt, in all die

Erinnerungen hinein, ein Klang, wie beim Überschreiten einer Schwelle, die Musik aus weitester Ferne: *Es ist genug.*

Wovor habe ich Angst?

Schmerzt noch immer die Vorstellung, dich nie wiederzusehen? Zu gehen ohne Abschied wie Manon: das Herz, das stillsteht, der Atem, der aussetzt. Oder einfach die Müdigkeit, die einen überkommt eines Tages. Und die Stormverse, die dann da sind: Vom Hoffen, das einen verläßt. Und man hätte kein Wort mehr gesagt, keine Geste mehr gemacht. Wäre einfach gegangen.

Was würde bleiben?

Wie würdest du an mich zurückdenken, an das, was war zwischen uns? Was war das?

Mich davonmachen, leise und unauffällig, wie es sich für einen gehört, für den kein Platz ist: nicht in diesem Land, nicht in den Konzertsälen mit seiner Musik, nicht in deinem Leben, Hanna. Einer, der nirgends hingehörte und sagte, es ist genug.

Er schaute aus dem Fenster, überm See die Dämmerung, ein helles Blau. Manons schmale Gestalt, an der Seite ihrer Schwester Anna, an der Riva degli Schiavoni: seit Jahren stand dieses Bild auf der Kredenz.

Er schnellte auf.

Mahler, die Partitur der neunten, die müßte irgendwo sein. Mit dem Motiv aus dem Kopfsatz der neunten Symphonie, der ganz auf Todesahnung gestellt war, wollte er hinein in den zweiten Teil, ins Allegro.

Sub specie mortis, dachte er, summte, ging zum Klavier, ein Aufschrei sollte das sein gegen diesen Tod, der mit Gewalt einbrach, unvermittelt, ein Forte, ein dreifaches auch hier, von Holzbläsern unterstrichen, und dann nachgeben, loslassen. Und langsam in den Bachschen Choral, dies Schwanken zwischen Verzagtheit und Zuversicht, zwischen Protest und Resignation. Die fremden Sätze als die eigenen lesen: Herr, wenn es dir gefällt, so spanne mich doch aus.

Ein Klagegesang, zweiundzwanzig Takte, ein Epitaph: Requiem …

Warum nicht das eigene?

Er hörte den Lärm von draußen, sie sangen wieder, die geordneten Scharen, marschierten auf, wollten heim ins Reich, ins großdeutsche. Endlich.

Es ist genug.

Zuerst von der Solovioline intoniert. Eindringlich. Dann von den Holzbläsern. Nachklingend. Wieder aufgenommen. Es ist genug. Der Kanon. Wie ein großes Echo –

Die Stimme wieder hören. Manons Stimme.

Die Töne zu ihrem Gedächtnis.

Aber auch zu meinem und zu deinem, Hanna. Immer neu intoniert. Genug.

25

Er hatte schon gehofft, sein Flugzeug hätte Verspätung, müßte unerwartet zwischenlanden und flöge erst anderntags weiter.

Sie müßte warten.

Ausnahmsweise einmal sie.

Doch die Maschine der Croatia Airlines startete in Prag pünktlich und würde zur Zeit in Zagreb eintreffen. Sie müßte nicht warten, sofern sie überhaupt am Flughafen sein würde.

Er wollte ankommen. Bleiben. Bleiben können. Die Bilder der vergangenen Tage lagen schon zurück –

Prag. Die Straßen, die Berg gegangen war, die Cafés, das Arco, das neu eröffnet, und das Imperial, das sein Stammlokal geworden war. Er hatte das Nationaltheater und die Staatsoper besichtigt, das Haus, in dem Hanna geboren war, die Bahnhöfe. Sie hatten ihn fasziniert, der kleine Bahnhof Prag Mitte, wo Berg jeweils weitergereist war nach Pilsen, der Hauptbahnhof, nach Franz Josef benannt.

David stand inmitten der unzähligen Kleinhändler, die vor dem Bahnhof und im Stadtpark ihre Waren feilboten, er betrachtete Holzmedaillons aus Kirgisien, handgewobene Stoffe aus der Ukraine; eine Frau bot ihm Eier zum Kauf an, eine andere wollte ihn von der Schönheit ihrer Holzpuppen überzeugen. Und er sah Berg über den Vorplatz gehen und in den Stadtpark treten, wo er auf einer Bank Briefe schrieb, an Helene, manchmal auch an Hanna. Sah ihn in eines der Hotels am Stadtpark gehen, das Zimmer am liebsten mit Blick aufs Theater oder den Bahnhof.

Ging er, wie jener gegangen war? Voller Erwartung auch er?

David besuchte die Maiselsynagoge, die nun als Museum eingerichtet war. Er mischte sich unter Besucher, die vor den Schaukästen Zeugnisse der jüdischen Gemeinde studierten, die Namen von Verschwundenen. Mit dem Staunen des Kindes hatte Hanna in die Lichter geblickt. David stand mitten in der Menschenmenge und schaute zu. Eine Frau wurde vom Schluchzen geschüttelt. Sie legte ihre Hände an die Scheibe eines Schaukastens und neigte die Stirn dagegen.

Auf dem Alten Jüdischen Friedhof fesselte ihn das Gesicht eines Mannes, der mit zittrigen Händen mehrmals versuchte, einen Zettel auf das Grab von Rabbi Löw zu legen, doch jedesmal flatterte der Zettel neben dem Stein nieder.

Der Rabbi will meine Bitte nicht hören, flüsterte der Mann.

Hannas Briefe konnte David auch in Prag nicht finden. Hatte sie vielleicht doch keine geschrieben? Oder hatte Helene sie entdeckt? Hatte sie jemand verbrannt? Oder ihre Liebe war, ganz einfach, ohne Briefe gewesen?

Hatte Hanna ihn geliebt, diesen Berg?

Wie kann einer lieben ohne Zeichen der Erwiderung, der Hoffnung? Wie lange würdest du die Kraft dazu aufbringen? In der Lyrischen Suite gab Berg einen Hinweis, daß Hanna seine Liebe erwidert hatte. Aber vielleicht nur in der Musik, in den Träumen des Komponisten.

In Bubeneč suchte David die ehemalige Villa Fuchs, die Nummer 593 konnte er lange nicht finden. David war den Weg nach Bubeneč auch in der Nacht gegangen. Er hatte die Wege gesucht, die Berg in jener Nacht des Wahnsinns gegangen sein könnte, über die Niklas-Brücke, die heute Ćechův-Brücke hieß, oder über die Mánesův-Brücke, durch den Letná-Park. Der Weg war lang, das Villenviertel von Bubeneč wirkte leer, kein Licht in den Häusern, aber fast von jedem Dach wehte die Flagge eines Landes: Botschaften und Konsulate.

Was hatte Berg sich erhofft, als er in der Nacht hier hinauseilte? Eine entscheidende Wende, endlich? Ankunft?

Die graue Fassade der Villa Fuchs wirkte kalt, auf dem Klingelschild las er arabische Schriftzeichen.

Und du, fragte David sich, was tust du hier?

Auch in der Nationalbibliothek im Clementinum hatte David keine Spuren entdecken können, die über das hinausführten, was er schon wußte: Hannas späte Flucht, nach Hitlers Einmarsch in Prag, nach Frankreich und dann nach England, später in die USA. Keine Dokumente über sie, keine Briefe, keine Tagebücher.

Er stellte sich Berg in Prag vor. Wie er gewartet hatte, in der Hoffnung, sie zu treffen: vergebliches Warten. Die Spannung. Die Ungeduld. Wie er in seinem Hotelzimmer saß, stumm neben dem stummen Telefon. Unfähig etwas zu tun. Schlaflos. In Gedanken bei ihr, immer bei ihr. Sich bis zum Frösteln, bis zum Frieren sehnend.

Hanna war nicht auf Bergs Beerdigung gewesen. Was hatte sie bei seinem frühen Tod empfunden? War sie in Wut geraten, wie beim Tod ihres Vaters? Hatte sie jemals auf dem Hietzinger Friedhof Bergs Grab besucht? Und immer wieder: Hatte sie ihn überhaupt geliebt?

Was kann man über die Liebe wissen?

Er wagt nicht aufzusehen, als er die Gangway hinuntergeht. In der Empfangshalle ist da, mitten in der Menge, unübersehbar, ihr Gesicht, ihr helles Haar; sie nimmt ihn beim Arm. Der Wagen steht bereit, sie setzt sich ans Steuer. Leicht findet sie den Weg zur Autobahn nach Karlovac.

Seltsam, noch einmal hierher zu kommen, sagt David, mir ist, als müßte ich mir selber begegnen. Dem von damals.

Der etwas beweisen wollte, sich selber und den andern. Einer, der etwas suchte, und nicht einmal wußte, was.

Was suchen wir? Was hoffen wir?

Simone wirft ihm einen flüchtigen Blick zu.

Vielleicht ist es besser, wenn wir nicht wissen, was uns antreibt, was vorgeht in uns?

Sie sagt das beinahe heiter.

Sie sei auch Ende 94, Anfang 95 zum ersten Mal hier gewesen, nach jenem Treffen in Sarajevo, wenige Monate nach Lucys Tod.

Vielleicht auch bloß der etwas hilflos scheinende Versuch, etwas zu tun.

Wir hätten uns schon damals begegnen können, irgendwo zwischen Zagreb und Karlovac.

Simone schüttelt den Kopf.

Sie meiden das Stadtzentrum und folgen der Straße Richtung Split und Bihać. Rasch wird das Tal enger, die ersten Berge werden sichtbar, das Land ist dunkelbraun, erdig. Dann plötzlich die ersten gesprengten Häuser, leere Felder dazwischen, manchmal kleine Wälder, verfilztes Gestrüpp, gefällte Stämme, die schon lange zu liegen scheinen, sie sind moosüberwachsen, angefault, morsch.

Noch immer ist wenig wiederaufgebaut worden, sagt Simone.

Schweigend fahren sie in das Tal hinein.

Was tun wir hier, fragt er einmal.

Du wirst schon sehen, antwortet sie schnell.

Mit Berg hat das nichts zu tun, oder? wendet er noch ein.

Aber vielleicht mit uns, gibt sie energisch zurück, alles hat mit uns zu tun.

David erzählt von dem Kind am Strand von Lovran. Es hat einfach gezeichnet, was es sah.

Was uns angeht eben; auch darauf muß man sich einlassen, das Haus, das Boot, die Vögel.

Simone schaut ihn nicht an.

Alles, sagt David, alles ist eingefangen, hat das Kind gesagt.

Slunj, sagt sie und weist auf die Burgruine über dem Fluß. Sie fährt langsam in das Dorf hinein, viele Häuser scheinen neu herausgeputzt, die Fassaden leuchten in grellen Farben, Gemüse- und Obstläden zeigen ein reiches Angebot. An wenigen Häusern sind noch Schußlöcher zu sehen. Überall stehen kleine Gruppen von Polizisten.

Den abschüssigen kleinen Platz am Rande entdecken sie eher zufällig: ein zweiter Markt. Schwarz gekleidete Frauen gehen auf dem Platz umher, unschlüssig, zögernd. Hier ist noch keine Fassade renoviert. Eine Frau durchwühlt die Abfalleimer.

Als Polizisten sich nähern, steigen David und Simone ins Auto und setzen ihre Fahrt fort. Sie gelangen zur Abzweigung nach Bihać, bald danach an den Zoll, mitten in der Hochebene. Umständlich werden alle Papiere kontrolliert und registriert.

Die Straße über die Hochebene in die Berge hinein ist schmal und staubig. Nach kurzer Zeit erreichen sie Bihać.

Die Zeichen der Geschichte, sagt David und weist auf die Ruinen des Forts auf den Felsen über der Stadt.

Sie parkt das Auto, führt ihn in eines der grauen Häuser außerhalb der Stadt. Ein kleines Dokumentationszentrum für Kinderschicksale des Krieges, die Zentrale ist in Sarajevo.

Wir suchen auch die Spuren vermißter Kinder und vermitteln elternlose Kinder an Familien.

Sie zeigt auf die hohen Gestelle mit Ordnern und Dokumentationsmappen. Sie öffnet eine Mappe.

Warum machst du das?

Das fragst du noch, nach meinem Brief?

Verzeih.

Sie spazieren hinauf zum Hügel, wo die Ruine der einstigen Festung im Spätnachmittagslicht schimmert.

Woran denkst du?

Simone stupst ihn leicht an.

Ich habe lange auf dich gewartet.

David sagt es leise, Simone antwortet nicht gleich.

Vielleicht ist die Liebe, sie zögert einen Augenblick, oder was wir so nennen, fügt sie an, dann am vollkommensten, wenn wir den andern erwarten, im Alleinsein, in der Reglosigkeit der reinen Erwartung, die schon Anwesenheit des andern wird, sich öffnet, ihm entgegen.

David hebt leicht die Hand.

Dir entgegen, immerzu.

Und von mir weg, ab und an.

Sie küßt ihn.

Aus der Stadt ist die Gebetsglocke zu hören, schwarz gekleidete Frauen eilen zur Moschee, scheue Schatten, die um die Häuserecken huschen, als täten sie etwas Verbotenes.

Und jetzt?

Simone wirft das Haar zurück.

Ich gehe wieder, fahre mit dir in diese Landschaft hinein, und das ist mehr, als ich mir noch vor ein paar Monaten vorzustellen gewagt habe, bei jener Tagung im letzten Herbst, bei der Begegnung im Winter und später.

David streckt leicht die Hand aus.

Und weiter?

Wir gehen.

Du wirst ja rot.

Lach mich nicht aus.

Sie fahren auf dem Rückweg nicht über Slunj nach Karlovac, sondern nehmen die Abzweigung in die Berge hinein Richtung Plitvice und Senj.

Die kurvenreiche Straße zwingt sie, langsam zu fahren. Wir haben keine Eile, sagt sie. Das erdige Braun der Hügel wirkt weich in der Nachmittagssonne. Sie erzählt von Lucy, kleine Episoden, aber auch von Patrick, der nun schon das Gymnasium besucht.

Als sie am frühen Abend Senj erreichen, färbt ein spätes Licht das Meer grau ein. Während sie den Kai entlanggehen, wirkt ihr Gesicht entspannt.

26

Wieder gibt sie sich geheimnisvoll, läßt ihn einsteigen, fährt ohne Kommentar los.

Du wirst schon sehen.

Als sie in die breite Küstenstraße Richtung Rijeka einbiegt, will er protestieren.

Nicht schon wieder Fiume, bittet er, nicht mehr Fiume.

Rijeka heißt das jetzt.

Sie geht nicht auf sein Seufzen ein und lenkt den Wagen sicher ins Zentrum.

Noch eine Beichte?

Er fragt ängstlich.

Musik, sagt sie, nur Musik. Berg.

Ausgerechnet Berg.

Sie wehrt ab.

Ein Zufall sei das nicht, sie habe sich erkundigt, zudem kenne sie das Orchester.

Zusammen Berg hören, nach all den Mutmaßungen, den Gesprächen, einfach Musik, mit all dem, was sie vermöge: der Gedanke habe ihr gefallen.

Die Lyrische Suite?

Nein, die werde nicht oft gespielt, das Violinkonzert.

Das hatten wir uns schon einmal vorgenommen.

Diesmal werden wir uns nicht verfehlen.

Sie gehen die Kaistraße hinunter und den Kanal entlang in die Altstadt hinein.

Da oben.

Sie weist mit der Hand auf die Festung über der Stadt. Du kannst, wie reumütige Pilger es tun, den Weg über die Treppenstufen auf den Knien zurücklegen und büßen für dein Mißtrauen, deinen Argwohn, deine Kleingläubigkeit. Und –

Hör schon auf.

Wir nehmen den Bus.

Sie führt ihn zur kleinen Kirche, nahe der Festung.

Er versucht, sich die ersten Takte des Violinkonzertes in Erinnerung zu rufen. Es gelingt nicht.

Er hatte die Partitur gelesen, sich das Konzert angehört, wollte den Klängen folgen. Vergeblich. Es war wenige Wochen nach ihrer ersten Begegnung gewesen. Er hatte hingehört und war fremd geblieben, damals, in jenem Winter nach der Krankheit und der Tagung für Sterbebegleitung.

Simone legt ihre Hände auf die Mauer, sieht in die Ferne.

Sie schaut ihn nicht an, scheint weit weg.

Immer bleibe in dieser Musik eine Distanz, vielleicht Fremdheit, die er als Abweisung erfahre.

Nun möge er doch warten, einfach hinhören.

Unwille ist in ihrer Stimme.

Menschen strömen in kleinen Gruppen auf die Kirche zu.

Komm, sagt sie, gehen wir auch.

Ist das Violinkonzert für Manon nicht auch sein eigenes Requiem?

Eine Ahnung vielleicht. Er war müde.

Andere sind es auch.

Es gibt eine Müdigkeit, gegen die nichts hilft.

Sie gehen über den Vorplatz und treten durch das

Portal. Nur langsam gewöhnen sich die Augen an das Halbdunkel. Er blickt auf die Musiker.

Diese Bereitschaft, denkt er, dieses geduldige Warten.

Unter den Zuhörern kaum ein Flüstern.

Und dann dies Beginnen, unvermittelt –

Leise, wie von fern, weich, Triolen; schattenhaft, verträumt, Gesichter, Gestalten; Augenblicke, das Mädchengesicht, die Musik, die ihn fortträgt mit einemmal, vom Andante ins Allegretto; plötzlich das Heitere, Fröhliche, die Klänge, die ihn hineinziehen, ein Wirbel, der sacht wühlt in ihm, als wäre das auch sein Klang.

Themen kehren wieder, werden variiert, suchen den Kontrast, lösen Bilder, Erinnerungen, die sich als eigene Klänge über die wahrgenommenen und wahrnehmbaren legen, sich mit ihnen verschränken, sich wieder lösen. Als sei Musik nur dazu da, das Eigene zu lösen, zu bewegen, in Gang zu bringen.

Wie ihn da etwas erreicht, da wo seine Bilder sind. Er geht nochmals als Kind an der Hand des Vaters in die Berge hinein –

Sie schritten zügig aus, hielten auf eine kleine Kapelle zu, blieben stehen, lauschten dem Klang einer Violine, der herausdrang.

Bach, sagte der Vater, der selten Musik hörte und wenig kannte, aber das kannte er.

Die Melodie legte sich in den Sommertag, ein Klang aus einer andern Zeit.

Sie blieben vor dieser Kapelle, in der kühlen Bergluft, bis die Melodie verklungen war.

Es war das einzige Mal, dass er mit seinem Vater Musik gehört hatte. Dann stiegen sie langsam den Bergpfad weiter hinan, übertrieben langsam, fast schwebend den Gipfeln zu.

Dieses Tamtam, das dazwischenschlägt, schon im Andante, mitten ins Heitere, unmerklich beinahe, leise Mahnung. Rasch trägt die Musik wieder fort, reißt mit. Er sieht sich Wege noch einmal gehen, die er vor langer Zeit gegangen war, sieht einen Herbst, sieht die Blätter, den Wind, sieht sich fortgezerrt von einer Hand, die seine gehalten hat.

Er schaut auf, schaut die Musiker an, kehrt in die Gegenwart zurück. Er sieht das Gesicht des Solisten, die Konzentration, das Hören nach innen, aber auch die Bewegtheit, die die Töne, die er seiner Violine entlockt, in ihm auslösen. Als sei es das Leben selbst, das ihn in seinen Bann zieht, ein Ruf, der nicht zu überhören ist.

Dann ist da wieder das Ruhige, Fließende der Melodie, hin in eine große Langsamkeit, eine Gelassenheit, in der alles Begehren abgefallen scheint.

Dann das Erschrecken, der Aufschrei; dann das Rubato, dann der Marsch, mit Tempo und der Kraft aller Instrumente in das Grauen hinein: Todesmarsch. Das unaufhaltsam Schreckliche, das sich überschlägt und, überraschend, noch einmal, ein letztes Mal, Ruhe findet, einschmeichelnd tröstlich, fast scherzhaft: letztes Verweilen.

Dann wieder das Schwere, wachsend, bis zu jenem Augenblick, in dem der Choral einsetzt, Bach, entschieden, schmerzhaft, in die Haut schneidet: *Es ist genug* –

Simones Hand jetzt, die sich an der Banklehne festklammert, ihr Gesicht, leicht vornübergeneigt.

Langsam steht sie auf, und einer nach dem andern der Zuhörenden tut es ihr gleich; ein Aufstehen, das vielleicht Widerstand ist oder Trotz sein will, Aufbegehren gegen das Verrinnen, gegen das Dahinschwinden, in dem alles abfällt, sanft wird, Klang aus fernster Ferne, letztes Echo des Adagios, das ausklingt, ausrollt in die Stille –

Kein Applaus. Die Menschen stehen minutenlang unbeweglich. Auch die Musiker haben sich erhoben, verneigen sich fast unmerklich.

Langsam wenden sie sich ab, verschwinden in einer Seitenkapelle. Einen Augenblick verweilen die Menschen noch, dann streben sie dem Ausgang zu, in die Nacht hinaus –

Simone und David stehen an der Mauer, unter ihnen die Lichter, die Stadt, das Meer.

Komm, machen wir ein paar Schritte.

Quellenhinweis und Dank

Wesentliche Hinweise entnahm der Autor dem von Constantin Floros in der Österreichischen Musikzeitschrift herausgegebenen Briefwechsel von Alban Berg und Hanna Fuchs; zudem: C. Floros, Alban Berg, Wiesbaden 1992; Theodor W. Adorno, Alban Berg, Briefwechsel, Frankfurt 1997.

Ein besonderer Dank gilt den Musikern M. Bossart und P. Hitz, die bei der musikalischen Analyse des Bergschen Werks geholfen und wichtige Hinweise gegeben haben. Dank auch an Adalex für die Hilfe bei Prager und N. Orfei bei Wiener Spurensicherung.

Bis jetzt Kap. 8 [2] gelöscht

14

20

171

171
117
54